禹

U0109085

天女

夸父

英雄卷

張錦江等 著

新說山海經

中華教育

新說山海經

英雄卷

責任編輯　楊安琪

裝幀設計　陳淑娟

排　版　陳淑娟

印　務　劉漢舉

張錦江等◎著

樂　兮◎插畫

出版　中華教育

　　　香港北角英皇道四九九號北角工業大廈一樓B

　　　電話：(852) 2137 2338　　傳真：(852) 2713 8202

　　　電子郵件：info@chunghwabook.com.hk

　　　網址：http://www.chunghwabook.com.hk

發行　香港聯合書刊物流有限公司

　　　香港新界荃灣德士古道220-248號

　　　荃灣工業中心16樓

　　　電話：(852) 2150 2100　　傳真：(852) 2407 3062

　　　電子郵件：info@suplogistics.com.hk

印刷　美雅印刷製本有限公司

　　　香港觀塘榮業街6號

　　　海濱工業大廈4樓A室

版次　2021年6月第1版第1次印刷

　　　©2021中華教育

規格　16開 (230mm×160mm)

ISBN　978-988-8759-29-3

© 華東師範大學出版社，2017.

本書由華東師範大學出版社有限公司授權中華書局（香港）有限公司在香港、澳門和台灣地區出版發行中文繁體字版本。非經書面同意，不得以任何形式重製、轉載。版權所有。

總序

愛琴海與黃河的神源

當希臘神話融落在愛琴海中，愛琴海就有了神祕且迷人的魅力。

那時，我坐在一艘白色的遊輪上，由希臘的雅典到聖托里尼島去。

玻璃舷窗映着五月的陽光，海水深藍，泛着亮晶晶的波光，蕩漾着碎碎的波紋。我凝視着這無垠的平靜的海。

我在翻閱一本藍色的大書，書上有一個名字：荷馬。

這是古希臘偉大的盲人詩人。他為人類留下了宏偉巨著《荷馬史詩》。這部希臘神話經典講述的是由神的一個金蘋果引發的一系列故事，其源頭正是希臘民間神話傳說。

海的波褶中浮現出智慧女神雅典娜、天后赫拉、美神阿芙羅狄蒂縹緲的身影……

我在雅典衞城的巨石城堡中見到了巴特農神殿雅典娜塑像的原址，雅典娜不見了，只剩下空殿；我在靈都斯古鎮仰望了勝利女神的斷翼石、多

乳女神的殘胸碑;我在奧林匹亞瞻仰了神中之神宙斯與天后赫拉的神廟遺跡——那些完整的與倒塌的帶棱角的巨型圓柱;我還在德爾斐宗教聖地,於一塊鐘形的石柱前流連忘返,注視着這個被稱為「世界的肚臍」的地方,聆聽着音樂之神、太陽之神——美少年阿波羅那關於預言石與阿波羅神廟的傳說。

海面上流淌着、升騰着阿波羅豎琴的樂曲聲。

我在希臘這個神的國度裏,從那些數千年的斷瓦殘磚、古堡、石柱、垣壁中傾聽着一個又一個美麗而奇妙的神話傳說,隨便翻一片磚瓦,神話故事就會像一隻隻活靈靈的蟋蟀蹦跳出來。神話無處不在,神話無處不有。無論是牛頭人身怪米諾陶洛斯,還是看一眼就讓人變成石頭的女妖美杜莎,又或是一歌唱就讓人丟魂的人頭鳥塞壬……它們都浸潤在希臘人的血液中,是獨屬於希臘的文化財富。受其影響,古希臘悲劇產生並盛行起來,埃斯庫羅斯的《被縛的普羅米修斯》,索福克勒斯的《俄狄浦斯王》《厄勒克特拉》,歐里庇得斯的《巴克斯的信女》《美狄亞》等名劇流傳至今。蘇格拉底、柏拉圖、亞里士多德等人也深受希臘神話的影響。希臘神話也影響了歐洲的文明,但丁、歌德、莎士比亞、達·芬奇、拉斐爾、米開朗基羅等人受其薰陶,將歐洲文化推向輝煌。

這平靜碧藍的海呀,怎麼變得混沌咆哮起來?

我想起了黃河。

那年,我漫步在鄭州的黃河之濱,看見一尊由褐色花崗巖

石雕琢而成的黃河母親的塑像，那是一個溫柔而豐腴的母親，她仰臥着，腹部上趴着一個壯實的男孩，意指黃河是中華兒女的母親河。而黃河文化的始祖——炎黃二帝的巨石半身雕像就在高聳的向陽山上。一側的駱駝嶺主峰上站立着大禹的粗麻石塑像，大禹頭戴斗笠，身穿粗布衣，右手持耒，左臂揮揚，智目慧相。基座上嵌碑刻題八字：「美哉禹功，明德遠矣。」

炎黃二帝、大禹都是《山海經》中的人物。《山海經》記述了炎黃二帝始創中華，大禹治理黃河定九州的故事。

這時，在我的眼前，黃河的驚天巨浪翻湧而起，一部大書被托舉在高高的濤峰上。

這就是《山海經》。

這部成書於先秦時期的《山海經》，分《山經》《海經》兩部。《山經》又分《南山經》《西山經》《北山經》《東山經》《中山經》；《海經》又分《海外南經》《海外西經》《海外北經》《海外東經》《海內南經》《海內西經》《海內北經》《海內東經》《大荒東經》《大荒南經》《大荒西經》《大荒北經》《海內經》。全書三萬一千餘字。這是一部記載中國遠古時代山川河嶽的地理書；這是一部講述中國遠古部落戰爭的歷史書；這是一部關於中國遠古英雄的傳奇書；這是一部關於中國遠古列國的民俗書；這是一部關於中國遠古巫術的玄幻書；這是一部關於中國遠古神怪的百科書；這是一部關於中國遠古草木的參考書。

這部極具挑戰性的古書、奇書、怪書，吸引了中國歷代無數的聖者、智者。太史公司馬遷曾在《史記‧大宛列傳》中寫道：「至《禹本紀》《山海經》所有怪物，余不敢言之也。」他對《山海經》的怪物不敢說，可見太史公的疑慮。東漢班固在編撰《漢書‧藝文志》時，將《山海經》列為「數術略」中「形法類」之首，認為這書是用來占卜凶吉的，與巫有關。晉代郭璞嗜陰陽卜筮之術，神馳《山海經》並為其作註，成史上註釋《山海經》第一人。田園詩人陶淵明熟讀《山海經》，寫下十三首《讀〈山海經〉》詩。北魏地理學家酈道元在其著作《水經注》中引《山海經》百餘條。隋代訓釋《楚辭》的名家釋智騫也頗得益於《山海經》。「唐宋八大家」之一的柳宗元在《行路難》中引用了夸父追日的傳說，而歐陽修則寫有《讀山海經圖》一詩。

《山海經》也為中國志怪小說、神話小說提供了素材，《西遊記》《封神榜》《神異經》《搜神記》等小說都受到了它的影響。現代文學家魯迅、茅盾、聞一多等人也很關注這部古怪的大書。魯迅在《中國小說史略》第二篇「神話與傳說」中指出，小說的淵源是神話，並首推《山海經》為其源頭。又稱：「中國之神話與傳說，今尚無集錄為專書者，僅散見於古籍，而《山海經》中特多。《山海經》今所傳本十八卷，記海內外山川神祇異物及祭祀所宜……與巫術合，蓋古之巫書也……」魯迅的說法與班固對《山海經》的看法幾乎是一致

的。魯迅對《山海經》情有獨鍾，不僅肯定了《山海經》是中國文化之源、中國小說之淵，而且寫下了由《山海經》中的素材引發創作想像的三篇小說，即《故事新編》中的《補天》《奔月》《理水》。茅盾從研究希臘神話延伸到研究中國神話，寫下了《中國神話研究 ABC》。這是希臘神話與中國神話的第一次神靈交匯，書中第七章專門寫了《山海經》中的「帝俊與羿、禹」。茅盾寫道：「宙斯是希臘的主神，因而我們也可以想像那既為日月之父的帝俊，大概也是中國神話的『主神』。」又寫道：「神性的羿實是希臘神話中建立十二大功的赫拉克勒斯那樣的半神的英雄。」

混沌深沉的黃河呀，是中國神話原始大書《山海經》之母，也是中國文化的源頭。它與蔚藍的愛琴海相映成輝。我在愛琴海上想着黃河的千古絕唱，因此有了編創《新說山海經》的念想。

是為序。

張錦江

2016 年 4 月 22 日下午草於坤陽墨海居

新說山海經·英雄卷

這是《新說山海經》的第二卷。

《山海經》其實也是一部神話英雄傳記大全。流傳久遠的精衞填海、大禹治水、后羿射日、夸父追日等故事歷來為人們所熟知，而新編故事在忠實於原著的基礎上又進行了顛覆性的創造，更強調故事的神話性與傳奇性，使之更具有可讀性與神話藝術的美感。

《新說山海經（英雄卷）》共重述了十個故事。主角分別為《山海經》中的十位神話英雄：禹、天女、后羿、刑天、少昊、孟塗、英招、精衞、夸父、燭龍。在令人拍案的神話故事中，我們可以見到卵玉化成的禹在經歷了與水妖的命運糾葛後，最終戰勝了邪惡（《禹》）；天女因捲入天帝之爭，墮入凡塵化作青燕遭冤，卻含屈解民之災（《天女》）；十日戲世釀成大難，神射手后羿忍情除患（《后羿》）；神將刑天雖受斷頭砍肢之痛仍挺立在戰場上，永不言敗（《刑天》）；百鳥之王少昊的人生嬗變（《少昊》）；神人孟

塗嗅血破獲命案（《孟塗》）；奇嬰英招用神力降伏餓神（《英招》）；少女精衞為解救漁民與妖爭鬥而逝化為不滅鳥（《精衞》）；巨人夸父追日的不歸之路（《夸父》）；天神燭龍與黑白蝠妖的生死搏鬥（《燭龍》）。

註：本書中涉及的《山海經》原文參考上海古籍出版社 2015 年版的《山海經》。

目錄

禹

張錦江 文

又北二百五十里，

曰求如之山……

其中多水馬，其狀如馬，

文臂牛尾，其音如呼。

【北山經・北次一經】

上篇

一

　　這少年的愛恨情仇盡在這泉潭之中。

　　這是一個在泉水潭中長大的少年。潭池方圓兩里，依偎着一座叫「石紐」的山。因此，潭池便被稱為「石紐泉」。

　　少年叫禹。石紐泉是他的家園，然而，他的家園現在已沒有了。潭池被一群水妖、水怪、水魔佔領了。禹和他的母親修己夫人只好住在潭池十里之外的一個淺淺的水塘中。

　　水塘上有一間用灰石片搭砌的小屋，屋內有兩張水牀。水牀為一石板，半浸在池水之下。夜晚時分，禹母子便睡在水牀上面。

　　禹母子二人非凡界俗人，他們都是水中龍脈後裔。石紐泉下有一座水宮，當初修己夫人與夫君鯀便安居於此。鯀是一條黃龍，修己夫人則是一條青龍。

　　後來，鯀因憐憫天下人遭洪水氾濫之苦，便私闖天帝密庫，用隱身術騙過看守密庫的三首神犬，竊得神土，以神奇的息壤化得堅固大堤來阻止洪水犯民，一時天下太平。然而，此舉卻惹怒了天帝，天帝怪罪於鯀，派火神祝融用火焰

槍刺殺了鯀。

鯀屍三年不腐，最後化作一粒珠狀白玉。

一日，修己夫人在潭池邊托腮小睡，夢見潭池中翻騰出一條丈餘長的金鱗鯉魚，金光萬道，金鯉呼喚一聲：「夫人。」而後便吐出一粒白玉珠。夫人醒來後，發現腳下池水中確有一粒白玉珠。夫人揀起白玉珠，托在掌心賞玩，只見玉珠晶瑩剔透，像一粒滾動的水珠，又像是活的生物，吐出一圈一圈白光。夫人一臉憐愛，粉腮緋紅，含羞用舌尖一舐，那玉珠竟徑直從口中滑入肚去。一個月之後，修己夫人有了身孕，她心裏明白，這顆玉珠是夫君精力所化。又過了十三個月，修己夫人生下一條小長蟲，其實，這是一條小龍。然後，小龍瞬間又幻化為一個男孩。修己夫人給他取名叫禹。禹，就是小蟲的意思。

禹自幼赤身裸體嬉戲於水潭。水潭碧色映空，托着墨綠荷葉與粉紅荷花，葦草蘆葉叢生，突兀的巖礁上趴着昂首不動的龜鱉，黑白天鵝游弋其間，水中還有大魚小魚的身影。水潭的靜謐常被禹的玩樂打破。修己夫人深居水宮，聽任禹自由玩耍，禹夜不歸宮，常躺在荷葉上仰天而睡。

水潭中有妖有仙，不過都是些小妖小仙，禹常常同小仙一起與小妖們打架。小妖中有一紅髮人臉蛇身者，最受其他小妖追捧，他們都喊他共工大天王。共工大天王脾氣暴躁，怒叫時紅頭髮根根豎起。他全身上下最厲害的就是頭了，他打架是用頭頂的，一頭頂過下去，對方就被頂得遠遠

的，疼得喊爹喊媽。共工與水潭周邊的七個小妖自稱「八大天王」。禹與八大天王打久了，便知道了八大天王的名字，他們是：共工、相柳、堪予、化蛇、合窳、無支祁、彘、斡斡。禹有四個朋友，他們是：旋龜、應龍、水馬、鱄鱄魚。

禹並不懼怕共工大天王，如果是單打獨鬥，禹不處下風，因為禹可立地生根，共工再怎麼用頭頂，禹也不會移動半步。禹是玉石所化，共工大天王一頭撞去，就如同頂在巖石之上，禹不皺半點眉頭，共工大天王自己反被彈得老遠。禹的朋友應龍也可以與共工大天王相抗衡，他是一條小飛龍，他的尾巴可以在山石上劃割出一條深溝，共工大天王的頭怎敢去碰他。但八大天王常一起上陣，有時禹和小仙們要吃虧，也就是說，小仙與小妖打了無數次架，雙方互有勝負。

在所有朋友中，禹最鍾愛水馬。

這是一匹白色的馬。禹是在一隻大蚌殼中發現他的，那蚌的殼張着口，小白馬就躺在蚌舌上，快要死了。小白馬只有三寸長，這馬是誤入大蚌的，蚌正在吐液想消融馬肉當美食呢。禹便救了這三寸小白馬。禹說：「這馬好玩。要是能騎就好了。」水馬說：「騎吧。」禹說：「我這麼大，你這麼小，怎麼騎？」水馬說：「騎吧。」於是，禹便跨上水馬，他自己一下子縮小得也只剩下三寸，水馬飛騰而起。自那日起，禹整日騎着小水馬玩，水馬盤旋穿行於水宮之中。

禹愛戀他的家，這家多好──水宮的外壁是紅珊瑚，宮頂是綠珊瑚，頂尖上是一顆閃光的夜明珠，桌、椅、牀是白

珍珠做的，餐具是翡翠玉做的。

　　他看見母親坐在牀邊用玉針繡着一件白色的袍子，這件白袍子是用避水的海蠶吐的絲織的，他曾天天見到母親坐在一架白貝殼做的織布機前織袍子，織布機的咯噠咯噠聲響到天色微明才停息。絲袍織好了，母親又日復一日坐在牀邊繡啊縫啊。每當看到這一幕，禹都輕聲喚着：「母親，兒心疼您。」

　　水馬還會帶着禹踏波而行，或在荷葉、荷花、葦叢中來回穿行，或追蜻蜓、蝴蝶、水鳥。水馬還能爬樹，只見他攀上樹尖的一片寬厚的玉蘭樹葉，四蹄一蹬，那片葉子就飄飄忽忽地飛落下來，水馬落地時，禹快活地喊叫着，水馬也就地旋轉，踩着馬步跳起舞來。水馬已與禹形影不離，夜晚，水馬就趴在禹的牀邊。當水馬用他的舌尖輕舐禹的臉時，就表明禹起牀的時間到了。在與小妖們開戰打架的日子裏，每當水馬覺察出自己一方不利時，他就會讓禹騎到自己身上，這樣禹縮得小小的，一溜就溜走了；應龍呢，就把旋龜、鱄鱄魚背好飛上天去。

　　禹與小仙、小妖們漸漸長大了。

　　禹與小仙們漸漸敵不過長大了的小妖八大天王。

　　共工大天王終於成了水宮的新主人。

　　修己夫人和禹以及禹的朋友們只能安身於淺溪中。

二

水馬吻醒了禹。

水馬不再是三寸小馬，水馬已是一匹大馬。

禹不再是光屁股的男孩，而是一個儀表堂堂的美少年。

「禹兒，」修己夫人呼喚了一聲，「過來。」

修己夫人坐在水牀上，手裏托着一疊衣物，她深歎一口氣，說：「禹兒，娘為你繡此戰袍整整一十六年，禹兒，你可要知娘苦心。家園被水妖強佔，娘隱忍至今，今日水妖又四處興風作浪，你父親建造的防水大堤盡遭毀壞，天下洪水氾濫，蒼生遇劫，民眾叫苦連天。穿上這戰袍吧，好禹兒，帶着你的朋友，去天帝那裏聽令吧！」

禹跨步向前，隨即「撲通」一跪，雙手高舉過頭頂，接過戰袍，低聲道：「母親，孩兒記住母親教導。收復家園！降妖平患！母願為大，孩兒今世為母所生，誓報母恩。請母親放心。」

「起來吧。」修己夫人起身將禹扶起，為禹穿上戰袍。

這戰袍純白繡花，一束緊身白玉腰帶，兩箭袖泛着銀光，袍擺飄拂，並配一雙棕櫚麻網裹腿長靴。修己夫人用手輕撫衣袍，深情地望着自己的兒子，只覺得兒子魁梧挺拔，兩道濃眉揚起，雙目如電，血氣方剛，像一位將要出征的白袍小將。修己夫人頷首道：「這架勢像你父親，不過比你父親還要帥氣！」她又為禹梳了一個髮髻，並紮了一方白巾。

然後，遞上一柄劍，只見劍鞘上嵌有雙龍，劍柄上畫有雙龍戲珠，突然，劍身從劍鞘中躍出半截，寒光逼人，俄頃又恢復原樣。修己夫人說道：「這是祖傳的斬妖寶劍，帶上它，好好地去建功立業吧。」禹接過劍，將劍佩掛在了腰間。修己夫人撫摸着禹的肩頭再次叮囑：「此去一路艱險，凡事要定力靜心，果斷而行，不可猶豫意亂。」禹垂首答道：「孩兒謹遵母親教誨。」隨即伏地再拜，然後起身躍上了水馬，別母而去。

按母親的指點，禹一路飛馳來到龍關山。山下有一棵百丈高的菩提樹，樹旁有一無字石碑，禹拔劍插向石碑，石碑「噗」地一聲裂出一個小孔。禹在水馬頭上拍了三下，水馬立即變得只有三寸小，禹也隨之變小。水馬馱着禹「呼」地一聲穿孔而入。

這是一個漆黑的洞穴。

禹又在水馬頭上拍了三下，他們倆便恢復了原形。禹高聲喊叫起來：

「有人嗎？」

洞穴很窄，很深。禹的喊聲傳得很遠。洞穴陰森恐怖，只聽水馬打了一個響亮的噴嚏，從嘴中吐出一柄火炬。禹感到很驚訝，水馬竟有這等本領，然而水馬並不言語。禹俯身拾起火炬，舉火而進。洞穴漸漸寬敞起來。只聽得有滴水與泉流之聲和馬蹄踢石的聲響。突然，他們看見一條黑色巨蟒，身長十丈，頭上生角，口中銜一顆夜明珠，閃爍着幽藍

的光亮。黑蛇見禹漸近，便調頭轉向，引導着禹繼續前行。行不多遠，又見一隻黃色的大狗，吠聲不絕，見禹一行前來，牠便扭頭跑跳在黑蛇之前。禹暗自思忖，這大概是天帝派來接自己的吧，這種迎接客人的方式倒也新奇有趣。禹滅了火炬，把它丟在道旁。就這樣行了三十來里，蛇與犬相繼變成了人形，各着黑、黃衣衫，是兩個俊俏的後生。禹牽馬尾隨。走到洞底，有一石室，兩後生悄然而入，禹將馬牽停在室外，隻身進室。石室不大，室頂懸一夜明珠，一塊青石之上坐着一個人面蛇身的神。兩側有八神侍立，都是青面獠牙。那人面蛇身神不待禹言語，便問：

「你便是修己夫人的兒子禹？」

禹恭身答道：「正是。」

「我料到修己夫人會送你過來。你都十六歲了吧？」

「正是。」

「其實，這是你在人世的年歲。你本是女媧十九代孫，壽三百六十歲。後入九嶷山得仙飛去，又三千六百歲。你念洪水既甚，人民墊溺，乃化卵石於石紐山泉，由修己夫人吞食後生下了現在的你。」

「感謝大神點化。」禹欲言又止。

「還有什麼話要說？」

「敢問大神，華胥[①]所生的聖子，是你嗎？」

---

① 華胥：傳說中華夏民族的遠祖，踩到了巨人的足跡後懷孕，分別誕下了女媧、伏羲。

「華胥是九河神女，也是我的母親。」

禹聽此言伏地便拜，連稱：「伏羲祖帝在上，小的有眼無珠。」

人面蛇身神又道：「起身吧，我還有話和你說。」

禹起身垂首而立：「恭聽祖帝明示。」

「十六年前，你父親因私竊息壤下界伏洪被處死，這純屬天意，其實你父親未死，他的精神氣傳到了你的身體裏，且時刻伴隨在你的左右。我刻意安排讓你在水宮識水十六年，見識各路水妖，現在到了該用你的時候了，我令你率天下眾神聚剿興風作浪的水中妖魔。」

人面蛇身神言畢，其後閃出一黑衣後生，禹認出他便是那銜夜明珠的黑蛇的化身。後生遞給禹一卷圖。

人面蛇身神道：「這是八卦圖，標有水患之地與水妖之首，你要按圖一一平伏。」

禹應聲道：「遵聽祖帝訓示。」說完把圖收入箭袖之中。

又有一黃衣後生奉玉簡而上，玉簡長一尺二寸。禹識得這後生便是那隻黃犬的化身。

人面蛇身神又道：「此玉簡刻十二時辰，你可用此簡按時辰丈量天地。此玉簡上留有眾神的名字，現將之授予你，你可憑此召令眾神於會稽山平定水患。」

禹接過玉簡插在腰帶上。

這時，黑、黃二後生又抬上一柄大斧。

人面蛇身神告訴禹：「用這柄大斧去斬妖除魔吧。」

禹雙手接過大斧。

旋即，一陣清風飄過，祖帝與諸神都消失不見了。

禹一手執斧出了洞室，騎上水馬，連拍馬首三下，馬縮為三寸，禹以及祖帝所賜之物也都隨之縮得小小的。禹一聲吆喝，水馬四蹄騰起，呼嘯而馳，穿過洞穴，從來時的小孔中奔蹦出來。

三

那日，天色晴明，禹騎水馬來到會稽山腳下，應龍馱旋龜、鱄鱐魚先行至山下的一條名叫「勺水」的大河中聽令。禹先讓應龍用尾疊石設了一個點神台。隨後，禹從腰間摘下玉簡舉過頭頂，霎時間飛沙走石，電閃雷鳴，陰雲翻滾處有一帶翅的雷神在空中喊道：「大帥，小神聽令。」禹對空喝道：「傳令：眾神在午時三刻準點到達會稽山聽令，誤時者斬！」雷神應道：「遵令！」

雷神得令而去，雷電驟停。

午時三刻一到，眾神都呼嘯而至，旌旗飛揚，號角齊鳴。禹手執大斧，腰佩龍劍，雙目吐光，長眉一揚，登上點神高台。

禹按玉簡所記眾神名字一一點過，唯缺一神。

這神叫防風氏。

不消片刻，防風氏趕到。

且看這神，身高三丈，龍首牛耳，烏眉連成一粗橫條，

眉心處豎長着一隻巨眼。

禹立於點神台上，如擎天之柱，紋絲不動，臉上並無半點怒氣，因為他記得臨行前母親的叮囑：遇事定力靜心。只聽他正氣凜然地問：「防風氏，你可知罪？」

防風氏低頭垂手答道：「大帥，誤了時辰，我知罪。」

禹嘴角下彎道：「該如何處治？」

防風氏低聲說出一字：「斬！」

哪知防風氏長得實在太高大，刀斧手無法用刑。禹便令應龍掘一深塘，再壘一石台讓兩個刀斧手登上，然後命防風氏立於塘底，只聽禹一聲令下：「斬！」

兩刀斧手同時下刀，斬下防風氏的頭，巨人轟然倒下。

事後，單單防風氏的一節骨頭居然就裝滿了一輛車。這為行刑挖掘的土塘後來也留存於人世，叫「刑塘」。

禹領軍嚴明，戮了防風氏，眾神對他皆肅然起敬。

下篇

一

禹先率眾神在九頭山用神斧殺了九首妖蛇相柳，損了共工的一員大將，取得了除妖平水患的首勝。

一日，禹率眾神乘勝追殺水妖無支祁。途中，水馬突然伏地不起，禹覺得奇怪，問水馬，水馬只是不語，目中含淚。禹頓悟，此處離石紐山不遠，水馬是示意禹在外征戰已

有數月，該順路回家看看他的母親。

　　禹隨即撲地便拜，深情地說道：「母親大人，恕孩兒不孝，祖帝旨令在身，孩兒不能前來探望。待驅除水妖、平定水患、收復家園，孩兒再回家與母親大人團聚。母親大人，受孩兒一拜！」說完禹淚如雨下。

　　這時，水馬也垂淚而起。

　　禹躍身上馬，雙腿一夾，絕塵而去。

　　他們行至淮水龜山，這裏的佔山水妖便是無支祁。

　　此時，狂風怒號，電閃雷鳴，淮水繞着山汜濫洶湧，逃至山頂的山民淒悲絕望。禹抽出長劍對空一揮，喝令道：「應龍上前！」號令一下，一道金光閃過，應龍騰空而起，這是一條有着巨大翅翼的四爪金鱗龍，雖然當初在石紐山潭時牠尚是條小龍，但其實牠早已兩千五百歲了。牠由蛟歷千年化為龍，又歷五百年化為角龍，再過千年才化為了應龍。應龍的神奇之處在龍尾，只見其龍尾不時上下捲動，山巖立即崩塌碎裂，劃出山澗河道，滾滾洪水頓時順山澗河道奔瀉向大海。禹又一聲號令：「旋龜上前！」只見一隻鳥首蛇尾的大龜沿山飛速爬行，然後將龜甲上被禹分成一小塊一小塊的息壤投向山地，這一小塊一小塊的息壤迅速生長起來，連成了一片土地，洪水轉眼間就被填平了。

　　但是，空中依舊電閃雷鳴，此處依然洪水滔天，剛填平的土地又被沖毀了。

　　禹見應龍、旋龜三番五次填洪水無法起效，而龜山又險

絕陡峭，不見興風作浪的妖怪，無從下手，隨即下令退兵十里。此處有一河，禹讓鱅鱅魚下河探個究竟，不一會兒，有一白面魚身人浮出水面，他自稱是此處的河精。禹問：「請教河伯，這龜山水妖無支祁在何處興風作浪？」河精回話：「大帥，龜山有一洞穴，外有一柱紅石，水妖便藏於此。」河精遞上一卷圖又說：「這圖上標註了洞穴所在之地。」

禹持圖而去，又率眾神按圖尋覓紅石洞穴，果見一洞穴口有紅石豎着。禹隨即令火神童律前去洞穴口挑戰，童律虎頭豹身，口能噴火，使一大圓錘。他脾氣火爆，立在洞口，破口大罵：「妖孽，快快出來受死！」眨眼間，洞口處跳出一瘦瘦的猴形妖怪，只見這妖縮鼻高額，青軀白首，青毛四耳，金目雪牙，頸能伸縮。童律喝道：「妖孽，你可是無支祁？」猴形妖怪慢條斯理，彷彿吟詩一般地答道：「正是在下，有何貴幹？」童律早不耐煩，又喝一聲：「妖孽！興風作浪，造孽天下，看錘！」無支祁敏捷異常，奔跑時疾如閃電，身輕似風，他說道：「這位大神，不厚道呀，上來就打。」童律大錘落下，卻次次撲空，他怒目而視，張口就噴出一團烈火燒向無支祁，無支祁又吟一聲：「這就是大神的不對了。」那團火罩着猴妖燒，無支祁在火中卻毫髮無損，只聽牠一聲長吟：「大神休怪我無禮了。」水妖頭頸倏然伸長百尺有餘，瞬間，滔天巨浪席捲而來，水到火滅，火神童律被沖得無影無蹤。

童律敗陣而歸。

　　禹又令冰雪之神烏木由前去捉拿無支祁。

　　烏木由熊首馬身，雙手執一支長矛。他嗓門特大，說起話來好似雷鳴，一到洞口，就喊道：「妖孽出來！快快受縛！」說話間，無支祁飄出了洞，吟聲道：「禹帥也真客氣，又派大神來訪。」烏木由說：「妖孽！不要廢話囉唆，跟我去見禹帥，聽候處治！」無支祁說：「這位大神，雖然你長得比剛才那位更醜，但話說得客氣多了。」烏木由說：「妖孽，束手就擒吧。」無支祁說：「如果我不答應呢？」烏木由將長矛刺了過去，可無支祁身形飄忽不定，長矛刺不中牠。但見烏木由熊嘴大張，一股寒風吹向水妖，水妖被冰封了起來，烏木由哈哈一笑收住長矛，準備用捆妖索把水妖捆起。不料，無支祁的頭頸「咔嚓」一聲伸出了凍層之外。頓時，冰封飛裂，洪濤拍天，又將烏木由沖得不知去向。

　　烏木由又敗。

　　禹決定親自去捉拿水妖。

　　禹騎水馬來到洞口，一手提斧，一手牽韁，喊道：「無支祁何在？」

　　無支祁應聲而出，唱吟道：「禹帥親自駕到，有失遠迎，恕罪，恕罪！」

　　禹面色莊嚴地說道：「我奉祖帝旨意，捉拿你歸案。祖帝意決，不可違抗，你就束手就擒吧！」

　　無支祁嘻嘻笑吟：「禹帥何出此言？我們自幼在一個池潭長大，也算老相識了，現在你身為大帥，總得說出一個理

字，怎可隨意捉人！」

禹正言相告：「雖然我們幼時即相識為伴，但現在洪水滔天，皆是你等妖孽之罪！」

無支祁又吟：「大帥請言，何謂『妖孽』？」

禹說：「道逆天意即為妖，行叛人意皆為孽！」

無支祁再吟：「大帥所言妖孽，其實非妖非孽，我們皆為現世所生。且看看這人世吧，黑白不辨，忠奸不分，善惡不清，清濁不明，這混帳世道，留它何用，不如讓滔天洪水把這個世界滌蕩乾淨！」

禹大笑道：「你休要強詞奪理，妖言惑眾！黑黑白白，忠忠奸奸，善善惡惡，清清濁濁，人界、天界、地界莫不如此，不可一概而論。如此不分黑白，不分忠奸，不分善惡，不分清濁，逆天而行，傷及無辜生靈，實乃大惡也！」

無支祁還想再辯。

禹厲聲說道：「妖孽！不要讓我動手，自己歸案吧！」

無支祁說：「大帥不如試試，看能不能得勝？」

禹拍馬舞斧上前，砍向無支祁。

這水妖蹦跳如輕風般，忽左忽右，忽上忽下，無形無相，無影無蹤；這水馬輕盈如燕，旋轉急飛，行蹤莫測，神出鬼沒。這已不像一場殊死決鬥，彷彿是一場妙不可言的狂舞。

雙方戰了三個時辰，仍不分勝負。

水妖長吟一聲：「大帥，對不住了。」牠故伎重演，突然把頭頸伸得長長的，隨即洪水鋪天而來。

　　豈料這能摧山毀嶽的洪濤對禹和水馬毫無作用，水馬載着禹在洪峰中自如穿行，禹的斧依舊毫無阻礙地揮舞着。禹和水妖在洪水的波濤中繼續酣戰。禹追殺着水妖，水妖也不停地與他周旋。他們戰得難解難分，也戰得失卻了興趣。

　　這時，水妖收縮了頭頸，暫態間風平浪退，水妖對禹說：「這樣打下去沒完沒了。我出個主意，若大帥答應，我就收兵。大帥意下如何？」

　　「講！」

　　「大帥，請稍等。」

　　水妖拍了三下手，一隻鳥從洞口飛出來，停在水妖的肩頭。

　　「大帥，這不是鵰，這是鴆鳥。大帥看清，牠的羽毛是綠色的，頸很長，紅嘴。」

　　「快說，不用廢話。」

　　「好，大帥聽好：你我二人，各讓鴆鳥在胸口啄三下，要啄出一個洞，你敢嗎？」

　　「有何不敢？」

　　「大帥，我可跟你說清楚，這是毒鳥。」

　　「毒鳥又怎樣？」

　　「大帥，如果三日之內你還活着，我就不再氾洪；如果三日之內你死了，我便派一千五百隻鴆鳥來飲洪水，此水必變得有毒，人喝了必死無疑，那時人將死絕！大帥，敢答應嗎？」

　　「來吧。」

「大帥，主意是我出的，讓我先來。」

說着，鳩鳥飛起在水妖胸口啄了三下，水妖胸口被啄出了一個洞，血水冒了出來。鳩鳥又飛停在禹的胸口啄了三下，也啄出了一個血洞來，禹感到一陣絞心的疼痛，捂着胸口回去了。

禹到了軍帳之中，立時昏迷不醒。眾神愕然。

水馬前蹄跪伏在禹的行軍牀前，用舌舐着禹的傷口，舐一口吐一口，吐出的都是黑血。直到水馬打着響嚏嘔吐起來，嘔出了黑黑的一大灘血來，水馬也完全癱倒在地上，有一小神過來給他餵了水。

這天晚上，禹依舊昏迷不醒。帳外星沉月暗，禹呻吟了一聲，恍惚間聽到一個聲音：「禹兒，我帶你回家。」禹向那聲音傳來的方向看去，只見一團模糊的白影，那聲音又響起：「禹兒，我帶你回家。」禹努力辨認着那團白色的影子，問道：「你是誰？」白影說：「我是你父親的精神氣，跟我走吧。」這時，禹看清了白影是那匹水馬。水馬用嘴把禹銜起放在了自己的背上，然後一陣風似地走了。不知過了多久，他們走進了一片有着高大樹木的森林，禹覺得這裏很是眼熟，不禁問了一聲：「這是哪裏？」水馬說：「禹兒，你到家啦。」禹一想，說：「不行，我不能回家。我沒有平定水妖洪災，沒有臉見母親，快快回帳！」水馬隨即又扭頭返回。走着走着，禹問水馬：「我會死嗎？」水馬說：「這很難說，雖然壽血已經被我舐吸了大半，但還有殘留，而鳩

毒只要一滴就足以致命。」禹說：「我不想死，也不能死，如果熬不到第三天我就死了，就會有一千五百隻鳩鳥喝洪水，天下人都會死絕。」水馬說：「我知道。」禹說：「我命在旦夕，何以救蒼生？」水馬說：「藥神通天犀已去雲雨山嘗試百草百木，尋找治鳩毒的靈藥。不久就會有消息。」禹說：「倘若我三日之內死了，只能求母親去祖帝那裏請大神降妖。」水馬說：「你的母親已去天帝之女雲華夫人那裏求援，雲華夫人已派大神庚辰前來捉拿水妖了。」禹說：「很好，我安心了。」

禹被水馬用舌舐醒。原來，昨夜所見所聞都是夢境。水馬守在禹牀前一步也沒有離開。

禹的病情很不好，時而清醒，時而昏迷，手腳沉重，不能動彈。水馬也伏在地上不吃不喝。

第三天到了。

這日清晨，烏雲密佈，狂風大作，天空中飛滿了黑壓壓的鳩鳥。水妖的一千五百隻鳩鳥已經起飛。

情況萬分危急，而禹仍處於半醒半昏迷的狀態。

這時，龜山山神來報：「庚辰大神已到。」

禹突然瞪大了眼睛，動了動嘴，卻說不出話來。

話說這庚辰大神，相貌恐怖——獨角人臉，有一張呈鋒利彎鈎狀的鳥嘴，人身，裹着大紅戰袍，背生雙翅，雙腿雙腳是鳥腿鳥爪，手執一柄方天畫戟。庚辰大神沒有來得及入帳與禹見上一面，他站在山坡上，見鳩鳥已要作亂，情急之

中，雙翅一搧，騰空而起，只見他手一揚，一千五百隻黑鵰張開長長的翅膀，直撲向鳩鳥。瞬間，一千五百隻鳩鳥一隻不漏全都被黑鵰啄抓而去。原來，這庚辰大神是鵰王修煉而成的。

這時，龜山山神又報：「藥神通天犀已到。」

藥神通天犀其實是一頭巨大的犀牛。他口銜一片圓圓的青色樹葉，樹葉散發出奇異的香氣，他把樹葉放在禹的鼻孔下面，讓禹聞了聞，禹便慢慢蘇醒了過來。那樹葉便是雲雨山的帝藥樹——欒樹——的樹葉。禹醒來便一躍而起：「快，上馬！」

禹騎了水馬，飛馳出了軍帳。

此刻，庚辰大神已從翻滾的黑雲中飛落到水妖洞口。

庚辰大神敞着嗓門叫道：「鳥妖出來！」然而他的聲音像鵰叫一樣，不過勉強還能聽得清意思。

水妖蹦跳出洞，唱吟道：「你們這些醜八怪，一個比一個醜！我問你，是你放鵰抓了我的鳩鳥嗎？」庚辰大神答：「是又怎樣？」水妖說：「我與禹帥有約在先，三天為期，如三天之內他死了，則由我放鳩鳥喝洪水，毒死天下人。」庚辰大神喝道：「你這個傷天害理的鳥妖，做夢吧！」說罷他舉戟便刺。水妖躲閃了過去。庚辰大神把戟舞得像風車輪一樣，而後圍着水妖轉動劈刺，但水妖行蹤莫測，無影無形，打了半晌也沒有結果。這時，水妖脖子一伸，洪水再次襲來，庚辰大神拍翅飛在了半空裏。只聽庚辰大神怒叫一

聲：「鳥妖，休想逃了！」這時，黑雲中一道閃光，一條繩索飛向水妖，這是一條捆妖索，只見它像條活的蛇一樣纏繞在水妖的脖子與手腳上，水妖滾倒在地上動彈不得，頓時，風停浪止。水妖不服地說道：「禹帥言而無信，三天之內他死了，就得按約行事！」只見禹騎着水馬趕到，喊喝一聲：「誰說我死了！妖孽罪有應得！」話音剛落，水妖傻瞪着眼看着水馬背上威風八面的禹，直搖頭：「他居然還活着。」庚辰大神舉戟想一戟刺死水妖，這時，雲端霞光萬道，雲華夫人[2]踏着一朵蓮花而來，在空中喝道：「庚辰大神住手。就把這水妖壓在桐柏山下吧！」夫人話音剛落，只聽得一陣巨響，山巖飛升，又一陣巨響，水妖便被壓在山巖之下了。

禹合掌謝了雲華夫人，雲華夫人乘蓮花飄然而去。

禹隨即令應龍、旋龜疏河填土。從此，淮水才平靜地流注海中。

二

禹除了淮水大患水妖無支祁後，又率眾神滅了化蛇、戭、軨軨、合窳、堪予這一眾水妖。現在，只剩下佔居石紐泉水宮的共工了。

禹擇吉日率眾神收復家園。

---

② 雲華夫人：名曰瑤姬，傳說為炎帝的女兒，是位才色兼備、精通武藝的上古女神。

禹一行人到了石紐山附近，這時，石紐山山神來報：「共工大天王見大勢已去，放棄水宮率殘部逃跑了。」

禹問：「逃往何處？」

山神答：「往西北海之外，共工國山。」

禹調轉馬頭，腿一夾，喊聲：「追！」

水馬立地不動，禹不解，隨即下馬，只見水馬眼中含淚。禹頓悟，伏地而拜，泣聲連言：「不孝兒，向母叩頭了，不日擒拿共工便返回探望您，拜別了。」

禹持斧上馬，扭頭便往西北揮師追擊。

不幾日，禹便到了共工國山。這是一個並不大的山群，共工率殘部在此佔山為王，自稱一國。禹的神仙軍一到，共工不戰而退，望風而逃，不知逃到哪裏去了。

禹凱旋而歸，用玉簡丈量土地，將天下劃分為九州——冀州、兗州、青州、徐州、揚州、荊州、梁州、雍州和豫州，並令九州州牧鑄造青銅九鼎以作紀念。

最後，禹向祖帝覆命，交還了八卦圖、玉簡、大斧，然後回水宮與母親修己夫人團聚去了。

《海內經》

原文：黃帝生駱明，駱明生白馬，白馬是為鯀（普：gǔn｜粵：滾）……洪水滔天，鯀竊帝之息壤以堙（普：yīn｜粵：因）洪水，不待帝命。帝令祝融殺鯀於羽郊。鯀復（腹）生禹，帝乃命禹卒布土以定九州。

譯文：黃帝生了駱明，駱明生了白馬，白馬就是禹的父親——鯀……洪水滔滔，鯀偷了天帝的息壤（一種能生長不息的神土）來填堵洪水，卻沒有等候天帝的命令。天帝便命令火神祝融在羽郊殺死了鯀。禹從鯀的遺體中破腹誕生，天帝於是命令禹施行土工治水，從而劃定了九州區域。

原文：有木，青葉紫莖，玄華黃實，名曰建木。百仞無枝，上有九欘（普：zhú｜粵：竹），下有九枸，其實如麻，其葉如芒。大（太）皞（普：hào｜粵：浩）爰過，黃帝所為。

譯文：有一種樹木，有着綠色的葉子、紫色的莖幹、黑色的花朵、黃色的果實，（它的）名字叫建木。高近百丈而沒有枝條，上面的樹幹有很多彎曲，下面的樹根虯結盤繞，它的果實像麻子，它的葉子像芒樹葉。伏羲（太皞）曾從它那裏經過，黃帝曾養護過它。

《海外北經》

原文：共工之臣曰**相柳氏**，九首，以食於九山。相柳之所抵，厥為澤溪。禹殺相柳，其血腥，不可以樹五穀種。禹厥之，三仞三沮，乃以為眾帝之臺。

譯文：天神共工的臣子相柳氏，有九個頭，每個頭都可以吃掉一座山。相柳氏所經過的地方，土石便會被挖掘成沼澤和溪流。大禹殺死了相柳氏，其血流過的地方發出腥臭味，不能種植五穀。大禹挖填這地方，屢填屢陷，於是大禹便把挖掘出來的泥土為眾帝修造了帝台。

相柳（清·汪紱圖本）

相柳，又稱相繇，共工的臣子。蛇身九頭，每個頭都長着像人一樣的面孔，樣貌恐怖。相柳劣跡斑斑，食人無數。最終被大禹所誅。

《大荒南經》

原文：禹攻雲雨。有赤石焉，生**欒**，黃本，赤枝，青葉，群帝焉取藥。

譯文：大禹在雲雨山砍伐樹木。山上一處紅色的巖石上生出棵欒樹，欒樹有着黃色的莖幹、紅色的枝條、綠色的葉子，各主一方的天神們就到這裏來採藥。

《北山經·北次一經》

原文：又北二百五十里，日求如之山……其中多**水馬**，其狀如馬，文臂牛尾，其音如呼。

譯文：再往北二百五十里，是求如山……水中有很多水馬，牠們長得與一般的馬相似，但前腳上有花紋，長着一條牛尾巴，牠嘶叫起來的聲音就像人在呼喊。

水馬（清·汪紱圖本）

外形與一般的馬相似，前腳上有花紋，長着一條牛尾巴，牠嘶叫起來的聲音就像人在呼喊。

《南山經·南次二經》

原文：東南四百五十里，日長右之山。無草木，多水。有獸焉，其狀如禺而四耳，其名**長右**，其音如吟，見則郡縣大水。

譯文：往東南四百五十里，是長右山。山上沒有草木，有很多水。山中有種野獸，牠的外形像猿猴卻長着四隻耳朵，名字也叫長右，啼叫的聲音如同人在呻吟，牠現身的郡縣會發生洪災。

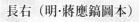

長右（明・蔣應鎬圖本）

長右，可能就是傳說中被禹制服的無支祁那樣的猴形水怪。傳說在大禹治水時期，長右曾三次到過桐柏山，因而那裏總是電閃雷鳴，狂風大作，導致治水沒有進展。於是，大禹號召眾神將此怪擒住，治水才得以順利進行。

天女

張錦江 文

有鳥焉，

其狀如梟，人面，

四目而有耳，

其名曰顒，

其鳴自號也，

見則天下大旱。

【南山經・南次三經】

　　這是一位看似柔弱卻因捲入一場天帝戰爭而改變了自己命運的女神。

　　女神本在天上過着悠閒而清雅的生活。她喜愛種花養草，庭院裏開着數也數不清的花兒。她愛她的每一朵花，當花瓣快要凋零的時候，她會用她那秀美的嘴唇吮吸清晨的露水珠兒，然後把露水珠兒塗在花瓣上，這花瓣有了露水珠兒的靈氣與她身上的精神氣，便不再枯萎，始終鮮靈靈地泛着亮光。就這樣，她收藏着一片又一片鮮活的花瓣兒。她是一個善良又有愛心的女神，常在雲端俯視人間，每當看到人世的悲苦，她的心願便印顯在一片花瓣上。比如說，一個孩子病了，她就從空中撒下一片花瓣，那花瓣上印顯出這樣的字：「孩子，有一頭小花鹿來了，你趕緊起來去迎接牠吧。」孩子的病立刻就好了。又比如說，山火來了，她就從空中撒下一片花瓣，那花瓣上印顯出這樣的字：「森林與人都需要甘霖，有一種滋潤是神聖的。」燃燒的山火就滅了。還比如說，一隻鳥的翅膀受傷了，不能飛翔，她就從空中撒下一片花瓣，那花瓣上印顯出這樣的字：「對於每一種落難的生靈，愛都會降臨的。」這隻鳥受傷的羽翼就痊癒了。

　　女神有着神奇的花瓣與善良的心。

女神的花瓣是用來救世的，不是用來打仗的。

而大神黃帝偏偏要她幫他打仗。

黃帝是天上的大神，炎帝也是天上的大神，大神與大神打了起來。炎帝的大將蚩尤以及他的八十個兄弟，個個都身長數丈，銅頭鐵額，猛勇無比，他們在冀州原野與黃帝決戰。黃帝派應龍前去應戰，應龍曾助禹治水除妖，現是黃帝的手下大將。應龍尾能開山鑿巖，口能蓄水吐洪，蚩尤不敵，又請了風伯和雨師前來助陣，引起一場風雨大戰。黃帝眼見無勝算，就降旨命天女助戰。

天女應命而至，立在雲頭。且看她細眉秀目，楚楚動人，頭頂梳成雙髻，一頭烏黑長髮垂至腰間。天女舞起兩條長袖，花瓣雨像萬千飛舞的蝴蝶傾天而來，那花瓣上印顯出這樣的字：「天上的神呀，該用風雨來說一聲『善』！」狂風暴雨便漸漸停了。黃帝勝了，並捉住了蚩尤。蚩尤的手腳被戴上了枷鎖鐐銬。之後，黃帝在黎山將蚩尤砍頭處死，原來鎖住他的枷鎖鐐銬被棄於荒野，變成了一株楓木，楓木上常棲息着一隻四眼人臉的鳥，這鳥就是蚩尤的精魂所化。

大戰之後，天女從雲端跌落了下來。她神奇的花瓣全部拋完了，她的神力也已經耗盡，不能再回到天上了。豈料，天女落下的地界突然不再下雨，旱情隨之而來，田裏的禾苗都枯死了。管理土地耕種的田神叔均得知此情，去天上向黃帝稟報，於是黃帝下令將天女逐出冀州地界，並將其安置在赤水之西。田神是個老實巴交的長者，他接到命令後便帶一

眾隨從去天女居處傳黃帝的旨意。他們來到僻靜處的一間破屋前，那正是天女的居所。田神對眾人說：「圍住屋子，不要讓天女跑了。」偏巧天女在附近的樹林中聽見了田神的話，暗自思忖：「不知我犯了何罪，天帝竟要派田神來捉我。」眾人進屋搜查，卻不見天女蹤影。

原來，天女已化成一隻青燕向北飛去。

奇怪的是，青燕所到之處都出現了旱情。於是田神尾隨其後。

這日，青燕飛到一處祭山神的石廟屋簷下，那裏有一群燕子飛來飛去，驚恐不安。青燕見群燕圍着一隻大鳥叫個不停，再看這鳥是四眼人臉，便知其是妖類，於是飛撲而上，用喙去啄牠，群燕見狀也都啄了起來。四眼人臉鳥寡不敵眾，就逃走了。

哪知就在怪鳥逃走的一瞬間，牠對着燕群吹了一口氣，頓時，一隻燕子又一隻燕子都乾渴得張着嘴直喘氣，有的喘得趴了下來，有的喘得頭都歪了，有的喘得暈了過去。這種乾渴使群燕們眼睛瞪得大大的，眼光中全是絕望與哀求，十分痛苦。青燕流淚了，淚水滴在一隻燕窩中，燕窩中的淚水滿溢了出來，像清澈的泉水。群燕開始啄飲起來，不一會兒，乾渴的燕群都不再痛苦地張着嘴了，牠們都圍着青燕歡快地鳴叫着，表達感激之情。接着，群燕又飛出了燕窩，引來了成千上萬隻燕子來啄飲青燕的淚泉，燕窩內的青燕淚泉卻始終不見減少，再多的燕子也啄飲不完。青燕受到了成千

上萬隻燕子的擁簇，就像燕子王國的女王那樣被尊崇着。

就在這天夜裏，月正中天的時候，青燕從屋簷上飄然而下幻化出天女的真身。

她踽踽獨行至一河岸邊。

河水已乾涸，露出了龜裂的河底。天女蹲下身去，只見龜裂的河泥中有一條兩尺長的黑魚在泥漿中艱難翻動，脫身不得，求生不能。天女的淚水流淌着。這淚水滴在魚的身上，魚又能活動起來了，淚水越來越多，變成了一汪水，像泉水那樣汩汩地流起來，魚能游動了。

這時，黑魚變成了一黑衣男子，對着天女伏倒在地：「女神在上，受小的一拜。我是黑魚精，多謝女神救命之恩。」天女站起身來說：「魚仙，起身吧。」黑魚精問：「女神可是散百花化風雨之災的天女？」天女答：「正是，魚仙，你從何得知？」黑魚精說：「天上地下，誰人不知，誰人不曉？」天女問：「魚仙，此地旱情何時有的？」黑魚精答：「回女神話，就在兩天前，這裏來了一個四眼人臉的鳥妖，牠對天空一吹氣，天就不下雨了；牠對河水一吹氣，河水就乾涸了；牠對草木一吹氣，草木就枯萎了。女神若不救我，我也乾死了。」天女又問：「魚仙，這四眼人臉鳥是何方妖怪？」黑魚精答：「聽說牠是蚩尤的精魂所化，來追尋一隻青燕復仇的。」天女這才明白，那隻四眼人臉鳥不是偶然地闖進燕窩，而是專門來尋她復仇的。這鳥的險惡用心還在於，牠一路尾隨她，每到一處便在當地造成旱情，然後

把旱災的罪名加在她的頭上。黑魚精又問：「女神，還有何吩咐？」天女說：「魚仙，沿着這泉水流成的小溪向前游，一路游，一路禱告：『神呀，請向北方去吧。』這溪水就會越流越大，越流越寬暢，沿途的旱情就會消失，兩岸的禾苗就會長出來。」黑魚精拱手作揖道：「女神，小的尊命而去！」說完便又化成一條黑魚，順着溪流的方向遊走了。

天女暗自下了決心，要再次會會這四眼人面鳥。

一日，青燕率群燕在森林中捕捉空中飛着的一團一團的小蟲，這是些帶着小小的透明翅膀的蠓蟲。群燕捕食的動作很是優美且富有詩意，牠們飛舞出各種各樣的花樣。蠓蟲像一團霧一般飄來飄去不肯散去，群燕不依不饒地飛啄捕食着。

就在這時，突然飛來一隻鳥，直撲青燕。

來者不善，這隻鳥正是四眼人面鳥。青燕沒有與牠纏鬥，而是飛落在一棵樹下，顯出天女真身。四眼人面鳥撲棱着翅膀停在一棵高百餘丈的大樹上。這棵樹的樹幹在離地一人高的地方有一枝粗粗的枯枝，四眼人面鳥歪着腦袋用爪子緊抓着枯枝向下望。就這樣，四眼人面鳥在上，天女在下，雙方近在咫尺地對視着。

天女問：「鳥仙，何仇何恨追殺我至此？」

四眼人面鳥說：「還我頭來！」

「鳥仙，小女子以善為本，以愛為先，從不殺生，何出此言？」

「黃帝霸道，逆天而行，導致屍骨遍野，怎能說不殺生？」

「大神相爭，是非難定，小女子散盡百花以阻帝爭之災，功力殆盡，墜落人界，鳥仙不應怪罪於小女子。」

「如果你不施百花之法，我就不會兵敗，也不會斷頭喪命。如此切齒之恨，我定要復仇！」

「鳥仙錯怪我了，而且也不能因此就施妖術使山野大旱，禍及蒼生，這是錯上加錯。」

四眼人面鳥淒厲地長叫一聲：

「還我頭來——」

四眼人面鳥飛撲向天女，張開大嘴便咬。

天女搖身一閃，化成青燕箭似地躥上天空。

四眼人面鳥緊追不捨。

這時，數不清的燕子將青燕護衛在中間。其他的成千上萬的燕子則圍在四眼人面鳥四周，形成了一堵密不透風的燕牆，四眼人面鳥在萬千燕喙的狂啄和萬千燕爪的撕扯下，羽毛紛紛脫落。儘管牠用嘴猛吹氣，施展旱術，想讓燕子因異常的乾渴跌落下去，但群燕毫羽無損，因為牠們都啄飲過青鳥的淚泉。群燕狂舞，黑壓壓的一片，燕叫聲此起彼伏，鳥鳴形成的聲浪在空氣中翻湧。這陣仗被一旁的一位神仙看得清清楚楚。這神不是別人，正是田神叔均。

四眼人面鳥的羽毛被燕子們啄撕得精光，像個肉球一樣從空中掉了下去，牠已不能飛翔，牠已遍體鱗傷，牠已目中無光，但牠仍然不停地唸叨着：「還我頭來！」

四眼人面鳥落在一塊堅硬的山石上，牠還在不停地撲

騰，還在不停地唸叨。

田神叔均走了過去，用腳撥拉了一下光裸的四眼人面鳥說：「你呀，這隻被剝光毛的害人鳥，還想害人嗎？」四眼人面鳥就地一滾，變成一隻甲蟲飛走了。

這時，只見藍盈盈的天空中，萬千燕子護衞着青燕掠過田神叔均的頭頂。田神對空中的青燕說：「我去向黃帝覆命了。」

青燕飛過群山，山上山下的山民跪拜叩頭，齊喊着：「神啊，請向北去吧！」

清澈的河水浸潤着乾枯的土地向北流去，河兩岸長出了一叢一叢的開着小黃花的奇草，它結的果子與菟絲子的果實相似，女子服了它，就會變得漂亮且討人喜愛。

青燕與群燕飛得無影無蹤了。

《大荒北經》

原文：**蚩尤**作兵伐**黃帝**，黃帝乃令**應龍**攻之冀州之野。應龍畜水，蚩尤請風伯雨師縱大風雨。黃帝乃下**天女曰魃**（普：bá｜粵：拔），雨止，遂殺蚩尤。魃不得復上，所居不雨。**叔均**言之帝，後置之赤水之北。叔均乃為**田祖**。魃時亡之，所欲逐之者，令曰：「神北行！」先除水道，決通溝瀆（普：dú｜粵：讀）。

譯文：蚩尤鑄造了多種兵器來征伐黃帝，黃帝就命令應龍到冀州原野上去攻打蚩尤。應龍積蓄了很多水。蚩尤請來風伯和雨師，引發一場大風雨。黃帝就派名叫魃的天女下凡前來助戰，雨被止住了，於是黃帝殺死了蚩尤。魃因神力耗盡而無法再回到天上，而她所居之處也不再下雨。叔均將此事告訴黃帝，黃帝就把魃安置在赤水北面。叔均就是田祖。魃常常逃出她的領地製造旱情，發生旱災的地方的人想要驅逐魃，就說：「神，請你回到北方去吧！」（據說）事先清理水道，疏通溝渠，往往便能得到大雨。

魃（明·蔣應鎬圖本）

魃亦作「妭」，是古代漢族神話傳說中的旱神。據《山海經》描寫，蚩尤起兵攻打黃帝，並請來風伯雨師，以狂風驟雨對付應龍。於是，黃帝令魃助戰，魃阻止了大雨，最終助黃帝贏得戰爭。

蚩尤（清·汪紱圖本）

相傳蚩尤是南方一個巨人部族的首領，他和他的兄弟一共八十一人，個個銅頭鐵額。蚩尤後成為炎帝手下的一員大將，多次率兵與黃帝激戰，最終兵敗被黃帝斬首。

《南山經·南次三經》

原文：有鳥焉，其狀如鴞，人面，四目而有耳，其名曰顒（普：yóng｜粵：融），其鳴自號也，見則天下大旱。

譯文：山中有一種鳥，形狀像貓頭鷹，長着人臉，有四隻眼睛，也有耳朵，牠的名字叫顒，牠的鳴聲如同呼喊自己的名字，牠出現的地方會發生大旱災。

顒（明·胡文煥圖本）

形如貓頭鷹，卻長有一張人臉，有四隻眼睛。傳說明代萬曆二十年（1592），顒曾在豫章郡出現，燕雀都不喜歡牠，結果那年的豫章郡夏季酷暑難當，滴雨未降。

后羿

宋雪蕾 文

【海外東經】

下有湯谷，

湯谷上有扶桑，十日所浴，

在黑齒北，居水中。

有大木，九日居下枝，

一日居上枝。

　　大殿中央，天帝端坐其上，他眼前跪着一名魁偉的男子，男子名曰后羿。他方正的臉龐透出一股正義豪邁之氣，他正在聆聽天帝旨意。天帝指着倚靠在一旁的弓和箭對后羿說：「此弓和箭，是天庭神物，無人能舉，聽說你力大無比，我將它們賜予你，請你用神弓神箭扶助下界蒼生，救濟世間苦難大眾。」

　　聽聞此言，后羿雙手抱拳：「謝天帝大恩，唯恐吾輩力所不及。」

　　「不必推辭，非你莫屬。」天帝信任地點了點頭，伸手示意后羿起身受領弓箭。

　　后羿撫摸着神弓。神弓華麗堅固，它以虢山之漆噴塗表面，赤紅奪目；以弱水的建木為幹，堅硬異常；以東海囚牛之角鑲嵌成彎角，曲線優美；以吳西雷澤的龍筋為弦，極富韌性。后羿彎腰握緊弓的中央，掂了掂，深吸一口氣，然後將重六百餘斤的神弓猛力抓起舉過頭頂，又從虎皮製成的箭囊中抽出一支箭，這矰箭被玄石磨得箭頭尖細，尾端四周綴着尺把長的白色鳥羽，剛柔相濟。后羿將箭搭上弓，拉弦試了試手感。天帝看着眼前后羿展示出的完美雄姿，露出了欣慰的笑容。

身背神弓箭囊的后羿，從天上降至大地，巡視着人世地貌。渴了，捧一波江水仰頭痛飲；餓了，採摘山林裏的野果充飢。地上一滴水、一顆果，皆爽口甘甜。他滿心歡喜，在無人的野地叢林間無拘無束地獨自行走。數日後，他走出叢林，朝着冒出炊煙的地方走去。這時，他隱約聽見一陣驚恐的哭泣聲，隨即看見遠處一大群人連滾帶爬、慌亂地衝過來，沒命似地逃奔。

「你們為何如此狼狽？」后羿望着眾人疑惑地問。

「有惡獸！」

「惡獸在吃人！」

人們跑到后羿面前，上氣不接下氣地說。

待他們定下神，才看清眼前站着的這個男人赤裸着上身，雙臂肌肉凸起，背着弓箭昂首挺胸，像一棵挺拔的大樹，無比威武。人們似乎看到了被拯救的希望，便跪下向他叩首求救：「救救我們吧，惡獸殘暴，吃人無數，我們不想死！」

「惡獸？我倒要見識一下牠的真面目。」后羿不假思索地朝着眾人所指的方向大步飛奔而去。他來到一片名為壽華的荒野，這裏滿目望去不見一樹，狂風怒吼，枯黃的地面上散落着風乾的白骨及還帶着血的屍骨和頭顱，空氣中瀰散着血腥味。

突然，從遠處沼澤中冒出一大團黑影，那是吃完人剛趴下打盹的惡獸鑿齒。牠聽到腳步聲猛然站起，只見其血盆大

口中長着鑿子般尖利的雪白牙齒，牙齒長三尺，弓起的背脊上頂着一個毛糙的巨大的頭，眼睛似一對大得嚇人的圓球，目露兇光。

后羿定了定神，朝前一步，快速取下背上的弓，他握緊弓背，又從箭囊中抽出一箭，搭到弓上，手臂用力一拉，弓張得似滿月。后羿眼冒怒火，大聲喝道：「霸道惡獸！今天你的死期到了！」

鑿齒張着大嘴，尖利的白齒閃着寒光。后羿忍無可忍，將箭射出，鑿齒張開大嘴一口咬住了箭，企圖用鋒利的尖齒將箭咬碎。后羿的第二支箭已瞄準了牠。鑿齒瞪眼望着箭。此時太陽鑽出了雲層，一道刺目的光線射向了鑿齒的眼睛。鑿齒晃了晃頭，為躲避光線，牠扭頭就逃，然而后羿放出的箭已不偏不倚地深深刺入了鑿齒的屁股。惡獸的哀嚎聲像一群蛤蟆在烈火中掙扎時發出的叫聲一樣。很快，鑿齒僵硬的身體凝成了一塊巨石，那支箭則變成了一棵松樹，從石縫裏冒出。

人們消除了心頭的恐懼，欣喜若狂地回家捧出酒敬獻給殺死惡獸的大英雄。后羿端碗還禮，一飲而盡。後來，后羿在此地居住了一段時間，直到守護的這一方水土平安無事，他才又踏上了去遠方巡視的征程。

「您一定是傳說中殺死惡獸的大英雄。」后羿在路上遇到一個小伙子，他手提粗劣的弓箭，身着粗布麻衣。小伙子攔住了后羿的去路，自我介紹道：「後生逢蒙，找您好些日

子了,只求拜您為師。」突如其來的阻擋令后羿一愣——拜師?后羿不曾想過。但此後,不論后羿走到哪兒,逢蒙就跟到哪兒,后羿拗不過他的再三懇求,又看他能一箭射下空中的麻雀,且有上進心,最後便收他為徒了。師徒倆整天練習射箭,技藝越發高超。

一天,他倆在小茅屋裏吃飯,一群人哭哭啼啼地跑來說道:「你們有飯吃。我們卻無處安身,沒法活了。」餓慌的人們把后羿師徒的飯菜搶個精光,面對此情此景,后羿猜想人們一定是遭遇了不測。一個老婦人哭訴道:「一條大蛇尾巴一甩,就把我們的茅屋捲倒了。聽說牠吃了一頭大象,三年後才吐出骨頭。今天又一口吞了我兒子、媳婦。」其他人也跟着附和,悲憤地哭訴着失去親人的痛楚。

「牠大嘴一張比門還大,吸一口氣,像龍捲風,人被吸進去好幾個。」

「吞了一幫人,肚子才鼓起一截。不知得活吞多少人,牠才能吃飽!」

「大英雄,救救我們吧!」

「妖孽作怪,殘害民眾,」后羿腳一跺,憤恨地站起來,去取掛在牆上的弓和箭,「看我怎麼收拾你!」逢蒙見狀也跟了去。

師徒倆來到洞庭,只見在草木繁茂的山丘中,有一周身佈滿褐色花紋的大蛇隱藏其中,牠身上時隱時現的鱗片變幻着灰褐青紫黑藍等顏色,渾身散發着腥臭氣。這叫修蛇,身

長一百八十米，是條巨大無比的蟒蛇。此時后羿還沒摸清牠頭尾藏匿的位置，怕說話驚動了牠，便朝逢蒙使了個眼色，他們手持弓和箭，背靠背，環視周圍。

越靠近修蛇，陰冷氣息越重。這是逢蒙第一次出來打惡獸，他的腿在發抖，聲音也飄忽起來：「牠會不會掀起尾巴，把我捲到天上再扔下，讓我摔成肉餅？」

「有我在，不必怕！天帝會保護我們除惡降魔的，」后羿為他壯膽，「一旦蛇動彈，我們就射牠頭，射牠喉，射中要害部位。」

他們戒備了半天以防蛇突然襲擊，卻一直不見牠有動靜。這時，他們高舉弓和箭的手臂開始發酸發麻，趁着如墨的黑夜，二人便放下手歇會兒。就在此時，一道幽靈般的鱗光閃過，修蛇翻身騰空躍起，牠那三個人都合抱不住的大桶形身軀震得山丘晃動，把后羿和逢蒙震得滾倒在地。只見修蛇的蛇尾像柱子一樣高高翹起，蛇頭昂立，眼睛像發亮的銅盆，閃着陰森惡毒的兇光。后羿翻身站起大吼一聲，迅速提起弓，拉緊弦，對準蛇頭猛射一箭，直刺蛇的眼睛。疼痛難忍的蛇瘋狂地扭動，粗壯的蛇尾向他們甩來，逢蒙嚇懵了，呆站着。等他緩過神，再舉弓，射出的箭已是偏了十萬八千里。后羿一個轉身眨眨眼睛，瞄準蛇尾，奮力補上一箭，箭帶着神威，穿透蛇尾，蛇便從高處重重地落下，摔成幾大段。那些被吃掉的人如同睡了一覺，經夜風一吹，清醒後陸續爬出蛇腹。逢蒙對眼前的大英雄佩服得五體投地，在回來

的路上，向得救的人滔滔不絕地讚美着后羿的箭法。

天帝得知后羿一次次射殺大地上的惡獸保護了民眾的平安，欣慰怡然地對眾神說：「我的神弓神箭沒有賜錯人。」祥雲漫遊的天空中，飄下一片華美的雲彩，從中落下一道天諭：封后羿為射神。

仰仗射神護佑，大地眾生過着祥和安寧、風調雨順的日子。

轉眼已是春天，和煦的太陽懸掛在空中，后羿覺得渾身洋溢着暖意。他和逢蒙走進一片密林深處，撥開樹叢後竟發現了一個隱蔽小巧的仙洞。入洞後，他們看到洞頂垂掛着無數野葡萄，一潭清冽的泉水映照出自己英武的影子。他們歡躍地跳起來摘下一串串野葡萄，躺下邊吃邊閒聊，不久便沉沉睡去。

可是他們越睡越覺得熱，之後，滾滾的熱浪更是延綿不斷地湧入洞中。后羿師徒出了洞，仍覺得熱不可當。后羿抬頭一看，天空中竟出現了十個太陽，他不禁大吃一驚！

這時，只見風神折丹扯着大嗓門，焦急地喊着：「后羿，后羿！天下快燒起來了！」

「不是惡獸鑿齒、修蛇都被殺死，天下太平了麼？」逢蒙不解地問。

「世事難料。可恨的十日在神樹上鬧騰個沒完。」風神急切地喊。

后羿知道，十日是天帝與羲和生的十個孩子。每天羲和駕着一輛由鸞鳳拉的漂亮車子，從天宮下來把湯谷裏的一個

太陽接到千丈高的扶桑樹下，再由太陽中的金烏鳥把他馱到樹上。人間便只見到一個太陽。

「十日依仗在千丈高的扶桑樹上無人能上去教訓他們，便放肆狂妄。現在只有你能把他們制服。」風神對后羿請求道。

熱浪湧來，后羿朝天空中的太陽瞭望，無奈地搖搖頭：「教訓，我不夠格。十日是天帝的孩子，他們只是貪玩，會下來的。」

「樹木枯萎，江河乾裂！射神，十日不殺，天地將毀！」風神氣急敗壞地吼起來。

后羿看到這一切，卻閉上眼，沉思了片刻仍然下不了狠心，他面無表情地說：「逢蒙，你去射日。」

「我？不行！我的箭法比師父差遠了。」逢蒙被灼熱的太陽烤得昏昏沉沉，捂着腦袋轉身回洞裏去了。

后羿用手遮着眼睛，擋着毒辣的陽光，他在猶豫該不該射日。不射日，民眾會死亡；射日，對不起天帝。他深深地呼了一口氣，試圖緩解內心的焦慮。

「別再想了，殺十日，救眾生。」風神不住地勸說。

后羿的手提了提弓又放下，心想：「美麗善良的羲和每日駕鸞鳳車接十日，殺了十日，等於我親手撕碎了他們母親的心啊！」他向風神搖頭：「十日我殺不了！你讓十日的母親勸他們下來吧！」

「瘋狂的十日，哪裏聽得進母親的話，他們早就破了母

親的規矩。天下除了你，沒人能殺十日，因為你是射神！」風神一再勸說后羿。

　　望着因乾旱而生出一道道裂縫的道路，看着無數視肉[①]怪獸在地上橫行，想到大地將一片焦枯死寂，后羿雙手捂臉，內心焦慮重重：天帝，你如此信任我，賜我神弓神箭，我不該忘恩負義，不該射殺你的孩子。

　　「請雨神下一場大雨趕走十日吧。」忽然，后羿如醍醐灌頂，慶幸自己找到了一個兩全其美的良策。

　　「雨神的能耐怎敵得過十日？你就看着天地被摧毀吧。」風神憤恨地一拂袖，變成一縷極長的細風失望地鑽進灼熱的空氣中去了。

　　后羿孤獨地站着，熾熱烘烤着他的身體，但他內心卻蔓延着被拋棄、被冷落的寒意。他的心似乎鑽進了惡魔，吞噬着他以往的正義和勇猛，在刺眼的陽光下他覺得自己孤獨且卑微弱小。他已辨不出方向，低頭抱臂，跌跌撞撞。忽然，一個綠葉藤蔓纏身的老者踩着一團仙氣，慈眉善目地站在他面前。

　　「你難道忘了天帝的囑託——扶助下界，除惡救世？你看不到山地野外被十日烤焦的屍首麼？大地被毀是對天帝最大的不敬，不除十日，你難逃縱容惡行之責。」老者說罷轉身離去，待仙氣消散後，早已不見了其蹤影。

---

① 視肉：古代傳說中的奇獸。形狀像牛的肝，長着兩隻眼睛，永遠不死，割下一塊肉，馬上會長出來一塊，和原來一樣，永遠割不完。

忽然，后羿的心亮了：「世間唯我有神弓神箭，除我以外，誰來救世濟民？無論誰作惡，一樣應給予其懲處。」心魔被驅趕後，他整了整身後的弓和箭，昂首走向崑崙山。

崑崙山方八百里，高萬仞，離太陽最近，乃是百神所在之山，無人能上。后羿有着一雙不畏熾熱的大腳板，腿部肌肉堅硬如石，邁一步一丈遠，他每一步都踩在神靈氣息穴位上，只有他能登上山頂，遙望千丈高的扶桑樹。

十日正為能居高臨下而洋洋得意，不知射神正舉弓拉箭瞄準着他們。后羿瞇起一隻眼，他睜着的另一隻眼裏飽含歉意。看見通紅的十日在晃動，他正了正弓的方向，再次瞄準，放箭。利箭帶着一道光無聲地飛速射向一個太陽，那毫無防備的太陽正悠閒自得，突然被飛來的神箭射中。其他太陽嚇懵了，停止了晃動。那被射中的太陽帶着穿透全身的箭掉落到大地上。「咚」，一聲巨響，太陽摔成千萬顆碎粒，紅光漸漸暗沉，轉為黑色。少了一顆太陽，大地上的溫度降低了些許，刺眼的光芒也稍稍減弱了。這巨響，同時撞擊着羲和的心，她長長地歎息了一聲，淚流滿面，悲戚地自語道：「孩兒啊，聽母親一言呆在湯谷，就可安生！」少了一個太陽，餘下九個太陽如夢初醒，方知危機近身。

「剩餘九日，下樹方可得生。若繼續禍害大地，則性命難保！」后羿高聲喊道。

「禍害大地？胡扯！沒有我們，天地一片黑暗！」一個淘氣的太陽愛惹是生非，見一兄弟跌落大地，豈肯善罷甘

休，「若有箭來，兄弟們並肩靠攏，令滾燙之箭返身回射進攻者。」

「並肩靠攏？從未修煉過，怕做不成。」膽小的太陽輕聲說。

「我們上下左右分離得如此之遠，能行嗎？」愚鈍的太陽望着淘氣的太陽說。

后羿等了幾個時辰，不見有太陽下來，便知頑劣的他們不聽勸說。正當太陽們在商量如何對付來箭時，又一支利箭從地上飛速躥來，箭上的一道亮光閃現在太陽們的面前，一個太陽轉身朝旁邊一歪，躲過了利箭，利箭飛向另一個太陽，那個太陽便藏進扶桑葉後，也躲過去了。有兩個太陽正想着如何靠攏擋箭，卻被飛來的利箭「一箭雙雕」，他們還未跌落到大地上，后羿又追發一箭，將從葉後探出身體、驚魂未定的太陽射了個通透。「咚咚，咚」，三顆太陽落地，發出如山崩般的轟響，紅色的碎粒飛濺到方圓幾千里之遠，由紅變黑。轟響聲撞擊着羲和的心，她只覺得頭暈目眩、天旋地轉，眼前一片紅光。幾粒黑石彈進家門，她拾起而泣：「孩兒，我的孩兒又沒有了。」

此時，天地間氣溫驟降，老虎、豹子、熊、羆，把堵塞在胸口的長長一口燙氣吐出，喉嚨口頓時氣息通暢了。

樹上還剩六個太陽。一個太陽擔憂地勸道：「母親說過，十日是兄弟，不能分離。已有兄弟被射死，是我們壞了母親的規矩，不如回到母親身邊去吧。」

　　一個太陽任性地說：「既然已經壞了規矩，何必再改過。」

　　那個勸說的太陽憂愁地說：「下去了，說不準會受到母親的懲罰，讓我們永遠呆在湯谷，再也不能上來了。」

　　還有兩個太陽躊躇道：「我們不知該聽誰的主張。」

　　最小的太陽爽快地說：「只要不死，怎麼做都行。」

　　后羿射下四個太陽，消耗了很多元氣，於是他便收了箭，盤腿坐下稍作休息。后羿此時十分自責：「射死了天帝的孩子，我，我，我對不住天帝啊！」他內心一陣痙攣，心想：「但願樹上六日能自知有過，主動下樹來，我便即刻收弓，不再射箭。」過後他又跑去丈夫國北面的山上，只見那裏躺着一具被太陽的熱氣烤死的女丑屍體，她扭曲着身體，一手遮臉，狀況慘不忍睹，后羿低語：「太陽不下來，將有更多的人死去。」他再次擎起弓，搭上箭，瞄準了太陽，眼睛裏充滿了一個信念：保護無辜眾生，讓他們免受頑劣太陽的殘害。

　　六個太陽中的一個在發佈抗擊的命令：「兄弟們，我們靠攏圍成一個圈，不論利箭從何方射來，一定難以射到我們。」但狡猾的他卻自己佔着中間的位置，讓別的太陽充當護衛，他還向其他太陽講述了擺火龍陣的方法。「一支箭，要射死六個太陽，這簡直是妄想。」他說道。這既是給自己壯膽，也是在給大家鼓士氣。

　　太陽中的勸說者忍住話頭。太陽們互相靠攏，感覺一

下子有了戰勝對手的力量。一個膽大魯莽的太陽卻自有小算盤，他想跳去另一根樹葉茂盛的樹枝上藏身，不巧，一個落空，他也跌落下來。忙亂中，又一支利箭飛來，有太陽大吼一聲：「擺火龍陣！擋箭！」只見五個太陽排成一條長龍，一邊躲避不讓箭射中，一邊又想把箭擋回去。五個太陽穿來穿去，快速變幻着陣勢。箭一次次被摩擦碰撞，耗損了衝擊力。后羿見五個太陽以火龍陣相抗，便快速補射了兩箭。太陽們因不停地滾動身子，體力消耗大，速度漸漸減慢，陣型也散了。這兩箭，一箭射中一個太陽，另一箭擦過兩個太陽。三個太陽在慌亂中互相撞擊，都掉落了下去。

「咚，咚，咚」，強烈的日光剎那間減弱，羲和癱倒在地，悽楚地哭喊着：「孩兒，孩兒。我不能沒有孩兒。」

折丹雙手推開漸漸鬆散的熱浪牆，喜出望外地來到后羿身邊，讚許道：「謝射神，為大地民眾除害消災。」

他路過羲和住處時，聽到了一聲聲悲楚的呼喚，素日溫柔賢淑的十日之母羲和花容失色，頻頻唸叨着：「不能，不能全射死我的孩兒。」

「最多只能留一個。」折丹動了惻隱之心。

羲和聽了，泣不成聲。

這邊，后羿在接連射下三個太陽後歎息道：「十日狂妄得過分，他們用熾熱殘害生靈，沒有善心。天地之間不該留此無情之物。」當他再次舉弓瞄準太陽時，折丹極速趕來，莊嚴地懇請道：「念十日之母愛兒之心，請射神手下留情，

保存一日。」

后羿愕然：「現有二日，該留誰？」

「留誰？」折丹微閉眼睛思考後，睜開雙眼喃喃地說：「遵天意吧！」

此時，扶桑樹上的二日似乎收到了母親的靈訊，沒有聯手抵抗。一日強悍地追逐着另一日，欲將其擠下樹。后羿一手遮眼朝樹頂望去，將此刻發生的一切細看分明：一日心中帶黑點在樹葉間躲避，處於弱勢，另一日心中似有一隻張狂的鳥，沒有片刻的安寧。他心想：「不能射錯！留一個有善心之日，可慰藉日母受傷的心，此刻是唯一的機會。」后羿目標已定，擎弓，搭箭，放箭！利箭彷彿帶着后羿的眼睛，將淘氣任性的一個太陽射落在地。

「咚」，大地顫抖，強光再一次被減弱，隨後熱浪消散。后羿緩緩地收弓，仰天高喊：「天帝啊，你讓我扶助下界，揚善除惡保平安。我射死九日——你的心頭之肉，實在有愧於你。你會寬恕我嗎？」他跪地不起。

羲和駕着鸞鳳車將最後一個太陽日八接到車中，日八羞愧不已，又惋惜自己失去了兄弟。「日八，有一日照亮人間大地，足夠了。」日母疼愛地安慰他，「黑夜，就留給大地上的生靈，讓他們養息思考吧。」

雨神送來十天十夜的大雨，河流歡唱，田野披上綠裝，天地間一切生靈又重新煥發出蓬勃的生機。

后羿

故事取材

《海內經》

原文：**帝俊**賜**羿**彤弓素矰（普：zēng｜粵：爭），以扶下國，羿是始去恤下地之百艱。

譯文：帝俊賞賜給后羿紅色的弓和白色絲繩拴着的短箭，讓他去扶助下界各國，后羿從此開始在人間救濟苦難蒼生。

《大荒東經》

原文：大荒之中，有山名曰鞠陵于天、東極、離瞀（普：mào｜粵：茂），日月所出。名曰**折丹**，東方曰折，來風曰俊，處東極以出入風。

折丹（清·汪紱圖本）

四方風神之一。

譯文：在荒遠的原野中，有三座高山分別叫作鞠陵于天山、東極山、離瞀山，太陽和月亮就從那裏出來。有個神人名叫折丹，東方人單稱他為折，來風（古地名）人將他稱作俊，他就處在大地的東極，控制風出去，又控制風進來。

《大荒南經》

原文：東南海之外，甘水之間，有羲和之國。有女子名曰<u>羲和</u>，方日浴於甘淵。羲和者，帝俊之妻，生十日。

有蓋猶之山者，其上有甘柤，枝幹皆赤，黃葉，白華，黑實。東又有甘華，枝幹皆赤，黃葉。有青馬，有赤馬，名曰三騅（普：zhuī｜粵：沮）。有視肉。

有小人，名曰菌人。

有南類之山，爰有遺玉、青馬、三騅、視肉、甘華，百穀所在。

譯文：在東南海的外面，甘水一帶，有個羲和國。這裏有個名叫羲和的女子，正在甘淵中給太陽洗澡。羲和是帝俊的妻子，生了十個太陽。

有座山叫蓋猶山，它的上面長着甘樹，樹的枝條和樹幹都是紅色的，長着黃色的葉子，開白色的花朵，結黑色的果實。在這座山的東端還生長有甘華樹，其枝條和樹幹都是紅色的，葉子是黃的。有毛色青蒼的馬；有毛色赤紅的馬，名叫三騅。又有視肉怪獸。

有一種十分矮小的人，名叫菌人。

有座山叫南類山。這裏有遺玉、毛色青蒼的馬、三騅馬、視肉怪獸、甘華樹。各類的穀物都生長在這裏。

義和（清·汪紱圖本）

義和是東方天帝帝俊的妻子，是十個太陽的母親。十個太陽居住在東方海外的湯谷，湯谷又名甘淵，谷中海水翻滾，十個太陽便在水中洗浴。

《海外東經》

原文：下有湯（普：yáng｜粵：羊）谷，湯谷上有扶桑，**十日**所浴，在黑齒北，居水中。有大木，九日居下枝，一日居上枝。

譯文：下面有湯谷。湯谷邊上有一棵扶桑樹，湯谷是十個太陽洗澡的地方，在黑齒國的北面，處在大水當中。那裏有一棵高大的樹木，九個太陽停息在樹的下枝，一個太陽停息在樹的上枝。

《海外西經》

原文：**女丑**之尸，生而十日炙殺之，在丈夫北。以右手鄣（普：zhāng｜粵：章）其面。十日居上，女丑居山之上。

譯文：女丑生前是被十個太陽的熱氣烤死的，她的屍體在丈夫國北邊。死的時候她正用右手遮着臉。十個太陽高高懸掛在天上，女丑橫臥在山頂上。

女丑尸（清·汪紱圖本）

女丑是古代女巫的名字。傳說在遠古時期，十個太陽一齊出來，女巫被烤死。她死後就是一副用手遮面的樣子。古人認為女丑雖死，但是她的靈魂卻依然可以依附在活人身上，開展祭祀活動或進行巫事，因此女丑又名「女丑尸」。

后羿

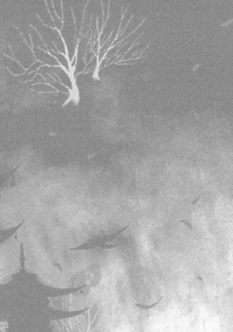

刑天

宋雪蕾 文

形（刑）天與帝至此爭神，帝斷其首，葬之常羊之山。乃以乳為目，以臍為口，操干戚以舞。

【海外西經】

　　這片土地幅員遼闊，四周圍着氣勢磅礴的高山。這裏本該為千頃良田，卻因連年戰事被踐踏得千瘡百孔，肥沃的土地化為一片褐色焦土，似乎在向上天告狀，訴說着這裏曾經發生過的爭奪和所承受的痛苦。

　　故事還得從頭說起。炎帝與黃帝為爭奪天帝大位進行了八十一次戰爭，最終黃帝獲勝，炎帝落荒而逃。炎帝落腳在一棵老樹下，撫摸着白髯，不時仰天歎息，眼神裏有着不甘：「我神農氏嚐遍百草，為天下百姓尋醫問藥，除病安命，天帝大位該落我身。一個粗暴之徒，憑藉一身蠻力竟與我爭大位，我不服，不服啊！」炎帝心中積聚着一團怨氣，雙手緊握拳頭，對着老樹幹一陣捶打，很快拳頭上便佈滿了血痕——這是從他心裏流淌出的淚啊。但炎帝又拿不出戰勝黃帝的良策妙計，只能對着天空發泄一腔悲憤。眼看着炎帝寢食不安，他手下的大將蚩尤和無名氏心急如焚。他們稱得上是炎帝手下最赤膽忠心的勇士，他們一邊安慰炎帝，一邊爭搶着要為炎帝效勞。

　　「可惡的黃帝，偷偷學種炎帝培植的黍和稷，餵飽了肚子卻不念恩情，反而來爭奪天帝大位，真是天理難容！」蚩尤憤怒地說。

「炎帝，你莫灰心，失利是暫時的，你永遠是我們的大神。」無名氏安慰着炎帝。

「我要和黃帝決一死戰，等我凱旋歸來，為我慶功吧。」蚩尤提起長矛，不等眾人商議制定出一個周全的作戰策略，便對民眾呼喊道：「炎帝是我們的大神！我們是大神的戰士，衝！」

「衝！我們是大神的衛士！」眾人呼應着，怒吼着。

「等等，不可魯莽行事！」無名氏喊着衝過去想阻攔他們，但被激昂的人群撞向一旁。

「事不宜遲。如此乾耗着，天帝大位早晚得被黃帝霸佔了去！」蚩尤回應道。

於是，他帶着一隊戰士向黃帝所在之處殺去。大隊人馬雜亂的腳步揚起的漫天塵土模糊了炎帝的視線。蚩尤此去禍福難料，他雖忠義，但性情魯莽，遇事不冷靜。

出戰時，他們意氣風發地宣戰；而黃昏時，蚩尤卻滿臉羞愧，帶着一身的傷和少許殘兵敗將灰頭土臉地回來了。

此時天降大雨，似乎是老天在為炎帝及其手下哭泣。一場雨壓住了飛揚的塵土，也澆滅了炎帝一方的鬥志——零落的人群垂頭喪氣，場地上的兵器也七零八落，士兵操練的身影不復得見。次日，太陽照常升起，光芒萬丈的陽光似乎也在替黃帝取笑炎帝手下的每個人。

大將無名氏，長得人高馬大，他濃眉如墨，雙眼炯炯有神，嘴唇厚實，平日不善言談。此時，他因身為炎帝的左膀

右臂卻在危難時刻不能助其一臂之力而自感慚愧。他鬱悶地跑進大山的密林深處，掄起重斧一陣狂砍。

「啊！」

「啊！」

「我有何用？！」

「我有何用？！」

他咆哮着發泄內心的焦愁，震得一棵棵樹轟然倒地，沒有反抗，也永遠不得重生。望着一大片倒地的樹木，無名氏心中忽然有了一種成就感——與我爭鬥者得此下場，他心頭掠過一陣酣暢的喜悅。但隨即，他又搖了搖頭，它們是什麼？是樹，是木頭，不是人，就算砍倒整片密林也抵抗不住黃帝對炎帝的嘲笑。

「老天，請賜給我神力吧！」無名氏雙膝跪地，向天一聲長吼，「我是炎帝的部下，甘願為炎帝能當上天帝而效勞！」猛然間，一個念頭在他的腦海中閃現：炎帝每次爭戰，都衝殺在先，體力很快被耗盡，不如這次由我代替炎帝去和黃帝單打獨鬥。

再說黃帝這邊，他參與的戰事屢屢得勝，他與將士們居住的草屋木樓上懸掛着獸皮旗幟；眾人豪飲狂吃，歡慶的鼓聲震天響。陣陣鼓聲似一條條長蛇，穿越山嶺，鑽進四方各個小部落人的耳中，攪得人心顫抖着，也跟打鼓似的。「黃帝黃帝，大神大神！」眾人瘋狂地呼喊着。

不管黃帝巡視到哪裏，他身邊總是簇擁着一大幫將領部

下，一副天上地下唯我獨尊的架勢。黃帝派使者給炎帝送來信件，邀炎帝三天之內再次對戰，如炎帝不接挑戰書，便認作投降，不得再來爭奪天帝大位。

躺臥的炎帝面容憔悴，他手執來信卻無力回應，信上的每個字都像小刀一樣刺進了他的心，他的心在滴血。

此時，無名氏獨自一人從一座山林走到嶓冢山上。嶓冢山上到處長着桃枝竹和鈎端竹，遠遠地就能看到成群的犀牛在走動，還有很多青兕①，牠們不是同類卻能相安無事地生活在一處。無名氏想要排遣心中苦悶，便大聲狂叫：「啊——啊——」聲音在山間迴蕩。

隨後他又將食指伸入口中吹起了口哨，引得犀牛和青兕尋找着，諦聽着，漸漸靠近了無名氏。牠們似乎對無名氏並無敵對情緒，並隨着口哨聲調的輕重急緩舞動起來。無名氏回頭時，瞥見一塊石頭邊上躺着一隻頭頂有白羽毛、尾巴稍長的鳥，這鳥名叫白翰，正在張喙喘氣，一副口乾舌燥的窘迫之相，牠撲棱着翅膀難以飛起。無名氏將隨身帶着的竹筒裏的山溪水一滴一滴地餵進白翰的嘴中，白翰飲了水漸漸緩過神來，感激地繞着無名氏飛轉，還「啾啾咕，啾啾咕」地啼叫着，似乎在與無名氏說着什麼。而無名氏雖不通鳥語，卻也依稀覺得這或許會是好兆頭。

無名氏精神煥發，步履輕盈地回到駐地，他早已將苦悶

---

① 兕（普：sì 粵：寺）：上古瑞獸，形狀像犀牛。

和煩躁扔在山中，不再頹廢。他走到多日來為不知該如何應戰而愁腸百結的炎帝面前，向他說出了自己的打算。

「你去單打獨鬥？恐怕不行。」炎帝的眼裏閃爍着不自信，「大蠻人，輕易對付不得！」

「我甘願為大神粉身碎骨。」無名氏明白，即使前面就是刀山火海，自己也得勇往直前。

炎帝望着無名氏堅定的目光，想道：「兩天不見，他勇氣倍增，有如此勇猛將士在身邊是上天賜予我的福分，我豈能不珍惜？」炎帝露出久違的笑容，緩緩地點頭，並派人送去了應戰書。無名氏帶領部下把野獸的頭骨皮毛連成一長串，當作旗幟，升得高高的，以顯示自己必勝的雄心。這次的應戰書與以往不同，無名氏提出只與黃帝一人對戰，決一勝負。若黃帝不敢答應，便無權再言爭奪天帝之位。

黃帝接到應戰書，仰天狂笑不止，對眾部下譏諷道：「好一個自以為是的勇士，只怕他是不堪一擊，白白送死。」

「無名氏，哼，和路旁的一株雜草並無差別。」

「來，讓你雙腿埋進土裏當樹根，雙手飛上天空當鳥翅。上天入地由你做主。」

「哈哈哈！」黃帝一番奚落的言語，引來眾部下的一陣哄笑。

「天帝豈是人人當得！炎帝不自量力，敗將手下的士兵又有何能耐？天帝的至高稱號與榮耀非我莫屬！」黃帝一邊

和部下飲酒，一邊借着酒意吐露着自己的心聲。

「天帝大位，非大神莫屬。」部下們高聲附和。

雙方約定第二日開戰，這一戰將決定炎、黃二帝未來的命運——天帝之位究竟會落入誰手。這天夜晚，無名氏睡意全無，他倚窗望着滿天星斗，發誓要捨命陪君子。蚩尤雙手高舉過頭頂，默然坐着為無名氏祈願，他悲戚地問道：「我可以為你助戰麼？」

「不必。大丈夫一人做事一人當。」無名氏說道。

開戰的日子到了，晨曦照亮了山谷，兩座高山間的這塊土地看上去十分平靜，一場大戰卻即將在這裏拉開序幕。高山上似乎隱藏着數千萬隻眼睛在等待觀戰，它們已準備好記錄下這次大戰的過程。當朝霞染紅山肩時，一陣急促的馬蹄聲由遠及近呼嘯而來：無名氏一手執堅盾，一手提重斧，雙腿夾着一匹黑馬向對方發起了進攻。

只見那按時等候在此的黃帝腰板挺直，身下騎着一匹棕紅馬，威風凜凜地迎面跑來。他身高八尺，臉龐飽滿，雙手緊握一把大刀。兩匹馬即將靠近，黃帝先舉起大刀，左右忽閃兩下，運足氣力朝無名氏的腰部猛力揮來。無名氏靈活地一側身子，躲過一刀，剛回正身子，又一刀朝他胸膛處揮來，他趕緊彎腰趴在馬背上。黃帝一連朝無名氏揮舞了十來刀，都被對方閃躲掉了，未曾傷到他一絲毫毛，黃帝方知他功力不淺。而無名氏則夾緊馬腹圍着黃帝繞圈，掄起重斧一陣揮砍，殺氣騰騰，黃帝舉刀抵擋，不讓重斧近身。這把重

斧重三百來斤，常人無力擎舉。

「想殺我？」無名氏自語。

「不殺你，殺誰？」黃帝接過話頭。

看着黃帝駕馬迎頭衝來，無名氏伏在馬背上，佯裝逃離，馬似有靈性，跑得輕且快。黃帝策馬緊追不捨，舉刀狂喊：「小子，莫逃！」不曾想，無名氏一個回身，舉重斧砍來。黃帝始料不及，為躲避重斧，他身體猛地一個傾斜，差點落下馬背，情急之下只得順勢避在馬腹邊喘氣。無名氏緊追不捨，黃帝瞬間翻身上馬，舉刀一個長甩，卻被無名氏的堅盾擋住。兩人打鬥了幾個時辰，約莫七八十個來回後，黃帝的戰馬明顯體力不支，無名氏的黑馬卻腿腳靈便，毫無鬆懈之意。兩匹馬遙遙相望，無名氏暗中竊喜。原來，他昨晚夢見白翰前來指點，讓他給馬餵食高梁山上的一種草，這種草形狀像葵，卻開紅花，結帶莢的果實，吃了它，馬就會跑得飛快。莫非昨夜白翰真的銜了此草來餵馬？難怪今天的馬不同往日，跑得特別快。想到此，無名氏信心倍增，心中感謝上天給馬注入靈性。

黃帝本以為打敗了炎帝，取得天帝之位便如探囊取物，不料炎帝的這個大將無名氏的功力不可小覷，怪不得敢代替主子來爭名奪利。黃帝夾緊馬腹，心裏暗忖：「此戰非勝不可。」接着，他舉起大刀又是一陣揮舞，同時用連環迴旋法怒吼着圍着無名氏轉，彷彿從地裏捲起一股黑色的旋風，越轉越收攏，逼得無名氏一下子暈眩起來，眼前直冒金星。

「小子，現在知道我的厲害了吧！」黃帝喊着，大有不將無名氏打敗絕不鬆手的架勢。無名氏用重斧擋，拿堅盾頂，輪番抵抗，但他的力量明顯減弱了。這時，他的耳畔忽然響起了白翰的叫聲：「啾啾咕，啾啾咕……」一閉眼再睜開，眼前景象忽然無比清晰——黃帝一張威武兇猛的臉上掛滿殺氣。不容多思，無名氏揮起重斧向黃帝奮力砍去，斧刃在陽光中閃出寒光，黃帝見這一招來勢兇猛，急忙一個閃身想要躲開，但斧口仍落在了大腿上，頓時鮮血直流。

黃帝受傷，無名氏信心高漲，他抽回重斧想再補上一斧，這時黃帝收緊韁繩，調轉馬頭，趁着無名氏未轉身，在他背後猛喝一聲：「五將齊上！」

哪來的五將，天降神兵麼？一句詐言驚到了無名氏，他一個愣神，黃帝便趁勢對準他的脖頸砍去。「啊——」一聲撕心裂肺的慘叫伴隨着帶有血腥味的冷風吹向嶓冢山，無名氏的腦袋被黃帝斬了下來，滾落在地上，滾出了一條長長的血痕。經過數十回的對戰，他的戰衣也早已被劃開了無數條口子，破爛得垂掛下來。

淒慘的叫聲，拖得很長很長，餘音在山間迴蕩，令白翰、犀牛和青兕感到震驚。

但無名氏並未倒下，他雖看不清方向，卻朝着四周狂風暴雨般地揮砍，他依然在搏殺。他的腳步不經意間移到跌落在地的腦袋旁，黃帝怕他撿起腦袋裝上又重新殺來，便將大刀對準地上的腦袋猛力一鏟，無名氏的腦袋飛起在半空中劃

出了一道弧線。「啊——」受到強力攻擊的腦袋因疼痛又一次發出了慘叫。

「常羊山[2]，開！開！我是黃帝，讓這小子的腦袋進來。」

常羊山聽從黃帝的吆喝顯靈了，發出一聲轟然巨響，從正中裂開了一條深溝，無名氏的腦袋不偏不倚地跌落在深溝中。

「常羊山，關！關！我是黃帝，拜謝助力！」

又是轟然一聲巨響，常羊山合攏，無名氏的腦袋永遠埋在了山腹中。遠望這一幕，黃帝萬分得意，又如釋重負，他狂妄地大笑不已，彷彿勝券在握，大喊道：「無名氏，無眼無嘴無耳的肉團，你死定了！任我宰割吧！」

此時，嶓冢山上的那隻白翰感應到了恩人危在旦夕，急速飛來在無名氏的雙乳上啄了啄，雙乳即刻打開，變成兩隻眼睛；又在他肚臍眼上啄了啄，肚臍裂成了一張嘴巴。「啾啾咕，啾啾咕」，白翰在啼叫，但無名氏卻聽不到。突然，又飛來一群白翰，牠們銜來一個個果子，這是泰室山上一種像蒼朮的草，果實光澤似野葡萄，吃了能明目。白翰們將果子餵到無名氏的「嘴」裏，瞬間他的「雙眼」又恢復到先前那般目光炯炯的狀態了，而且眼光更有穿透力，能看到黃帝內心的波瀾。「我來了！無頭也不會死！」無名氏叫喊着，又掄起重斧向黃帝砍去。他越戰越勇，而這群白翰也讓黃帝

---

② 常羊山：《山海經》中記載的古山，今稱仇池山。

亂了分寸：莫非真有天神在給他助威？

確實如此，上天察覺到無名氏勇猛善戰，便封了他一個「刑天」的名號，即被砍頭也有天大的神勇。

「刑天！刑天！刑天……」

不知從何處傳來的吼聲盤旋在空中。黃帝的心顫抖了：「他有神相助，我如何得勝？」但他又不甘心就此淪為敗將。黃帝不愧為有智的神勇之士，他為自己鼓勁：「我是大神，我是大神……無人能與我相抗衡！」隨即他內心又洶湧起一股力量。

刑天沒有停止過戰鬥，但由於長時間作戰，以及廝殺時用力過猛，他已體力不支，身體也搖晃起來。白翰見狀，又銜來了貔貅③肉餵給刑天。吃了貔貅肉能讓人變得力大無窮，不知疲倦。刑天以一當十，重斧在手中揮舞自如，黃帝被他追殺得四處躲閃。

看着對手一副狼狽相，刑天大笑：「要我死，沒那麼容易！來吧，別停下你手中的大刀！」受他這句話的挑釁，疲憊的黃帝又活躍起來。他們早已滾落下戰馬在地上廝殺。刑天渾身充滿了力量，朝黃帝揮刀砍去，黃帝將大刀橫向一攔，阻止了他的衝力，刑天用力太猛反而向後跌倒，未等他爬起，黃帝便迅速下刀，砍掉了刑天執盾的左手臂。「好，就讓你見識見識我的神力。」黃帝說罷，提刀橫掃過來，刑

---

③ 貔貅（普：pí xiū｜粵：皮休）：中國神話傳說的一種兇猛的瑞獸，可以使人轉禍為祥。

天右手舉斧上下快速飛擋，步步上前，黃帝見斧刃閃閃只得步步後退，左躲右避，但他瞄準空隙拔刀一砍，「啪」，刑天的右臂又跌落在地。

「看你還不服輸！」氣喘吁吁的黃帝喊道。

「不服輸，我還有雙腿。還可以對付你！」刑天說罷，雙腿猛蹬地面，身體反彈起來，像一塊重石衝向黃帝，他一腳踢落了黃帝手中的大刀，又一腳蹬上他的臉，黃帝的臉頓時腫得像個臉盆。

「無頭無手的肉坨還敢傷害我！」黃帝被激怒到了極點，俯身拾起大刀剛要揮舞，只見刑天雙腿蹬地又一次彈起。他的身體怎會如此有彈性？黃帝弄不清楚這是怎麼回事。他稍等片刻，瞄準刑天落地的時機，一刀下去砍掉了刑天的一條腿。

「看你還跳不跳！」

「我還剩一條腿，還能跳！」刑天不甘示弱，「現在就跳給你看！」單腿的力量更集中，他用單腿保持着身體的平衡，黃帝被眼前刑天勇猛無懼的行為驚得倒吸了一口氣：「這真是人鬼難辨啊！」

「我非人非鬼，而是打不敗的神！」刑天的每一字、每一句都擲地有聲。

「哼，你這小子又來逞能。真把自己當神了！」黃帝怎能容許別人勝過自己，聽到刑天自稱是不敗神，他內心的嫉恨漲滿了胸膛，他揮刀橫掃，把刑天的另一條腿也砍飛了。

　　只剩一團圓鼓鼓的肉身的刑天，沒有躺倒在地，而是像個陀螺一樣轉動起來。殺紅了眼的黃帝不想再聽刑天說半句話，他舉刀又劈又削又砍，只見那一大坨肉身跳躍着越來越小，黃帝一陣暈眩，之後便不見了刑天的影子。

　　刑天，刑天，刑天，你去了哪裏？天地在問。刑天已變成了一粒小小的種子，鑽進了泥土中。

　　不久，泥土中冒出一棵樹，這棵樹長得高大茂盛，每片葉子都油綠厚實，生命力蓬勃，它被人叫作「刑天樹」。

故事取材

《海外西經》

原文：**形（刑）天**與**帝**至此爭神，帝斷其首，葬之常羊之山。乃以乳為目，以臍為口，操干戚以舞。

譯文：刑天和黃帝爭奪神位，黃帝砍下了刑天的頭，把它埋葬在常羊山。失去了頭顱的刑天，便以雙乳為眼睛，以肚臍為嘴巴，（繼續用雙手）揮舞着盾牌和戰斧。

刑天（明‧蔣應鎬圖本）

在古代漢族神話傳說中，刑天原是一個無名的巨人，他在與黃帝的鬥爭中，被黃帝砍掉了腦袋，這才有了刑天之名。刑者，戮也，是割的意思；「天」是首，即頭的意思。「刑天」即斷首之義。

《中山經‧中次九經》

原文：又東三百里，曰高粱之山。其上多堊（普：è｜粵：惡），其下多砥、礪，其木多桃枝、鉤端。**有草焉，狀如葵而赤華**，莢實白柎（普：fū｜粵：夫），可以走馬。

譯文：再往東三百里，是高梁山，山上多產堊土，山下盛產可以磨刀的石頭。山上草木多是桃枝竹和鉤端竹。山中有種草，形狀像葵，開紅花，結帶莢的果實，花萼是白色的，馬吃了它能跑得很快。

《中山經·中次七經》

原文：又東三十里，曰泰室之山。其上有木焉，葉狀如梨而赤理，其名曰栯（普：yǒu│粤：有）**木**，服者不妒。有草焉，其狀如苿（普：zhú│粤：術），白花黑實，澤如蔓菓（普：yīng yù│粤：英沃），其名曰䔄（普：yáo│粤：搖）**草**，服之不昧。

譯文：再往東三十里，是泰室山。山上有種樹，葉子的形狀像梨樹葉，帶有紅色的紋理，它的名字叫栯木，人服用了它就沒有了嫉妒心。山上有一種草，形狀像蒼術或白術，開白色的花，結黑色的果實，果實的光澤像野葡萄，它的名字叫䔄草，人吃了它能明目。

《西山經·西次一經》

原文：又西三百二十里，曰嶓（普：bō│粤：波）冢之山。漢水出焉，而東南流注於沔（普：miǎn│粤：免）。囂水出焉，北流注於湯（普：yáng│粤：羊）水。其上多桃枝、鉤端，獸多犀、兕（普：sì│粤：字）、熊、羆（普：pí│粤：悲），鳥多**白翰**、赤鷩（普：bì│粤：別）。有草焉，其葉如蕙，其本如桔梗，黑華而不實，名曰蓇（普：gū│粤：骨）蓉，食之使人無子。

譯文：再往西三百二十里，是嶓冢山。漢水發源於此，向東南流入沔水。囂水也發源於此，向北流入湯水。山上有很多桃枝竹和鈎端竹，山中獸類多是犀牛和獨角牛、黑熊和棕熊，鳥類多是白雉和錦雞。山上有一種草，它的葉子像蕙草，它的莖幹像桔梗，開黑色的花朵但不結果實，名叫蓇蓉，人吃了它會絕育。

白翰（清·汪紱圖本）

即白雉。頭頂長着白色的羽毛，在古時被認為是瑞鳥。翰，羽毛。

少昊

王仲儒 文

又西二百八十里，

曰章莪之山，無草木，

多瑤碧，所為甚怪……

有鳥焉，其狀如鶴，一足，

赤文青質而白喙，

名曰畢方，其鳴自叫也，

見則其邑有訛火。

【西山經・西次三經】

　　長留山奇絕無雙。這裏滿山異獸，遍地珍寶。山頂端終日雲鎖霧繞，不見天日，卻長着一棵玉石樹，狀似珊瑚，名叫琅玕。那琅玕樹表皮薄脆，汁液豐沛，給死者飲用可令之起死回生。只是長留山高峭險峻，眾獸登至山腰便已達極限，再也無力攀緣，唯獨鳳鳥骨輕若雲、羽厚如棉，能隨氣流上升，並順風勢前行，因而可飛凌絕頂，啄食仙汁。

　　這天，鳳鳥棲上琅玕樹，只見雲霧驟散，碧空如洗。鳳鳥望見山的那邊，竟是一個湖泊，藍得深邃。湖岸邊，擠滿了長有粉紅羽毛的水禽。不遠處，站着一隻赤色巨鳥，牠單腿獨立，引頸昂首，肩、胸、背部鼓起五個肉瘤，模樣威武卻又猙獰。鳳鳥猜想，這大概就是火鳥部落吧，傳聞其首領畢方有六頭身和無影腿，而現在見了真身，倒也平常，傳聞似有誇大之嫌。正想着，只聽畢方一聲長嘯，眾鳥聞聲齊飛，如一匹紅紗在湖面上飄蕩，甚是美豔。此時，天際漫起晚霞，夕陽光芒四射，復又聚攏成一束光柱，直直地射向琅玕樹。鳳鳥的眼睛感到一陣灼熱，便趕緊閉眼，再睜開眼時，發現樹下多出一個卵，纏絲結殼，樣子像蠶繭。鳳鳥料定這是天賜神物，便顧不得吃食，用爪尖鈎住卵，振翅疾飛，返回了部落。

鳳鳥還巢時已近黎明。曙色中，鳳鳥帶着那卵猶如一盞燈籠，晃晃悠悠地降落在山禽部落的半山坡上。鳳鳥棲在梧桐樹冠上反芻琅玕樹汁，舌尖舔舐着鳳尾，使得鳳尾好似塗敷了一層薄膜，錦繡華美，水火不侵。

眾山禽——山鷹、猛鷙、錦雞、斑鳩、燕子、布穀和麻雀對那卵心生好奇，牠們圍成一圈，欲上前探個究竟。但見那卵似有光暈，一輪一輪，牠們不禁止步。一隻黃嘴小雀極膽大，牠走近卵，用喙輕啄卵殼，一下，又一下，像在敲門，一下，再一下，小雀竟然叼出一個線頭。卵抖動了一下，慢慢旋轉，像隻陀螺，線頭也像活物一樣，「嗖嗖」往上躥，眾山禽一哄而起，緊追線頭，無奈那線頭快如流星，牠們哪裏追得上，只得悻悻然飛回原地。只見卵越轉越快，那根線源源不斷地被抽出，繼而橫緯豎經地來回穿梭，像是在編織着什麼。這時，啟明星升起來了，又大又亮。這星星怎麼離得那麼近呢？好像觸手可及。就在眾山禽疑惑之際，卵的線尾一閃，如流火般湮滅。山禽們低頭一看，卵殼消失了，坡上出現了一個草圈，圈內的草莖像個軟墊，一個男娃正趴在上面睡着。眾山禽驚愕，不等牠們回過神來，大朵彩雲就翻捲而來，雲間飄落了一片織物為男娃遮羞。旋即，雲散盡，星隱退，天大亮了。

山禽們「嘰嘰喳喳」地叫着，聒噪得很。男娃被驚醒了，他閉着眼，緩慢地爬行，圍觀的山禽們便慢慢後撤；他翻身坐起，山禽們警覺地跳開，與他相隔數丈遠；他站起

身，山禽們尖叫着鑽入樹林，躲在巢窠裏，凝神屏息。鳳鳥雖沒驚恐失態，卻也感到詫異：僅僅三個動作——爬、坐、站，男娃已從嬰孩變成了少年，這需要多大的神力啊。男娃，不，這個少年，佇立着，忽然一個激靈，時間彷彿被凝固，他不再生長了。山林彷彿被震懾住了，寂寥無聲。這時，風吹落了一顆露珠，「啪」地打破了靜默。少年睜開眼睛，目光澄澈，淨如嬰兒。黃嘴小雀躲在樹影裏，忍不住發出一聲輕歡。少年聞聲，走向樹林，快走到的時候，無數山禽突然飛出樹林，牠們像雨點一樣密集，急叫着，碰撞着，奪路而逃，過了一會兒，又烏泱泱地匯集在一起，在天空中徘徊，像一團動盪的雲。鳳鳥見狀，吹響一支骨哨，「嘰——嘰嘰——」，哨音清越而遼遠，眾山禽被哨音安撫住了，紛紛歸巢。少年本能地走向鳳鳥，他攀上樹枝，依着鳳鳥，默默地坐望遠山和流雲。他好落寞啊，鳳鳥想，少年融入族群，被接納，被尊重，這需要時間，更需要契機。

某日，太陽高升，少年仍在酣睡，黃嘴小雀飛來停在草圈外，左看看，右看看，不見動靜，便跳入圈內，躡手躡腳地走近少年，用喙輕啄少年的額頭。少年醒來，看見一小雀，唯恐牠驚飛，便躺着不動，用眼神和牠交流。小雀啄啄他，他就眨眨眼，玩得熱乎呢。這一幕被鳳鳥看在眼裏，牠心頭暗喜，也飛過來參與他們的遊戲。

鳳鳥喚小雀：「嘰嘰。嘰嘰。」

小雀答：「嘰嘰喳。嘰嘰喳。」

鳳鳥回應：「嘰嘰。」

小雀聽罷，飛到鳳鳥跟前。

鳳鳥對少年叫：「嘰嘰。嘰嘰。」

少年不懂，小雀又飛到少年頭頂，「橐橐」啄了兩下，再飛向鳳鳥。

少年尋思，莫非這是在叫我，於是就跑了過去。鳳鳥點點頭，小雀在少年的肩上歡跳。

鳳鳥又叫：「嘰，嘰嘰。」

「嘰嘰，嘰。」小雀飛走了。

少年敲敲頭，「橐橐，橐」，快速地跑回了草圈。

一場遊戲後，少年贏得了一個朋友，又學會了兩句鳥語。之後，少年常攜小雀同行，小雀就在少年的頭頂、雙肩或指尖棲息，或靠着少年的頸窩打盹。在眾山禽看來，少年像是一棵會行走的樹，友善而無攻擊性，於是便消除了警戒。一天又一天，少年已能聽辨出好些語言——風、雲、水、雨、虹、泥、石、草、花、樹、蟲、蟻、蝶，但還不會說。他噘着嘴，就是發不出聲，更別說發出婉轉多變的音調了，這讓少年好生煩惱。

那天，山禽部落一如往常：燕子耕種穀物，錦雞採集蔬果，山鷹巡視部落領地，猛鷙演練禦敵陣法，老少山禽留守巢窠。少年依稀嗅到絲絲縷縷的硫磺氣味，又隱約聽見土地深處咕嘟咕嘟冒泡的聲音。他察覺不祥，便急速奔進樹林，狂拍腦袋，「橐橐，橐」「橐橐，橐」，老山禽和小山禽呆

望着他，不知發生了何事。少年急得跳腳，他扯下一片樹葉，含在嘴裏，鼓腮吹出了「嘰嘰，嘰」。少年似在報警，黃嘴小雀恍然大悟，立即在巢窠間穿梭，不停地叫喚「嘰嘰，嘰」「嘰嘰，嘰」，催促留守山禽趕快離開。樹林間迴響着「嘰嘰，嘰」的叫聲，而從地底冒出的黃色煙霧此時已漫過了樹梢，隨風擴散。鳳鳥嗅到了嗆鼻的氣味，牠吹響骨哨，眾山禽聞聲而歸，欲衝入巢窠營救，卻被濃煙熏退。正悲戚間，忽見小雀引領一眾小山禽接連飛出，又見少年頭頂、耳掛、肩扛、臂抱、掌托，渾身綴滿了老弱山禽。他掙脫了煙霧，一口氣爬上半坡，才站定，正大口大口地喘氣，只聽身後一聲巨響，地動山搖，回頭一看，巢窠處已塌陷，凹出一個天坑，塵煙從底部湧起，遮天蔽日，恍如世間末日到來。

　　無獨有偶，在山的那邊，火鳥部落也災禍臨頭：湖底抬升，水岸線退縮，湖水莫名流失。首領畢方飛臨湖心，只見一個漏斗狀的小山正從湖底隆起，湖水被「漏斗」吸入，消失得無影無蹤。就在畢方怔怔的時候，漏斗山已經拱出湖面，湖水喧騰，像煮沸了一樣，冒着熱氣。眾水禽驚駭不已，紛紛逃至岸邊。

　　畢方在高空盤旋着，看到柱狀山體佈滿垂直褶皺，無法立足，「漏斗」沿口處又暗火明滅，黃煙瀰漫。許是被煙熏了，畢方氣急敗壞，飛回到族群中，對着漏斗山引頸一吼，一團烈焰噴射而出，像白日焰火，久久不散，唬得眾水禽擠

作一團，紛紛把頭埋在羽翼下，不敢吱聲。

再說山禽部落這邊，被塵霾籠罩數日後，一陣狂風橫掃山谷，風過後，雨又至，暗無天日地下了數天。待雨停後，眾山禽抖落水珠，睜開眼，看見天坑處乍現一個湖。

來不及悲傷、慶幸、驚喜和感激，鳳鳥選擇了上坡一片完好的山林，令斑鳩率眾山禽重建巢窠。少年以一抵百，手拎樹枝藤蔓，肩扛乾草苔蘚，來來回回地輸送築巢材料，嘴裏還不閒着，「嘰嘰嘰，喳喳喳」地學鳥語，山禽們爭先應答，林子裏迴響着如歌般的鳥鳴聲。看到少年與眾山禽一唱一和，甚是融洽，鳳鳥既欣喜，也疑惑，這個天賜的精靈，究竟有怎樣的來歷和能力呢？

山禽們喬遷新巢，卻並不興奮，牠們常常遙望那片突如其來的湖泊，懷念曾經的家園——密林、纏藤、苔蘚、寄生花、遮雨的葉、巢窠間的密道、薄霧、微光、空曠的回聲……現在呢，只剩下一片湖面，靜而淨，波瀾不驚，但又一無所有。一日，山鷹巡視領地時，在湖岸邊撿拾到幾片粉色的羽毛，這十分稀有，疑似外來物種。又一日，山鷹看到一小群粉色水禽瑟縮在湖邊，不知牠們是入侵者還是過路客。山鷹急報鳳鳥，鳳鳥率猛鷙前去交涉。一見粉色水禽，鳳鳥便認出那是火鳥部落的臣民，忙詢問牠們為何如此狼狽。粉色水禽神情悽楚地道出原委。

原來，自漏斗山浮出水面後，湖水溫度升高，水中漂游着藍藻，細若游絲，隱約泛起一股腐味。畢方認定，淨水

一定藏匿在漏斗山的肚子裏，下令眾水禽鑿山找水。那漏斗山由烈火鑄就，堅硬如鐵，眾水禽以喙鑿石，山體毫髮未損，水禽部落卻已傷病滿營，更有因鳥喙碎裂無法進食而死亡者。眾水禽知難欲退，而畢方卻不甘心，牠搧着翅，噴着火，逼迫水禽帶傷上陣。這幾隻膽大的水禽乘亂逃亡，晝伏夜行，輾轉流落至此。鳳鳥聽罷，很是同情，決定劃出一片水域供水禽暫時棲息。正忙碌着，又一撥水禽飛來，牠們的模樣更慘——嘴角淌血，羽毛枯焦，像是被火燎過。牠們告訴鳳鳥，畢方見部落裏的水禽頻頻出走，正尋蹤追來呢。鳳鳥立刻作出部署：山鷹加緊巡邏，猛鷙在邊境埋伏，少年和其他山禽退避巢窠，嚴陣以待。

畢方來了，像幽靈一樣，在山鷹和猛鷙的頭頂，在雲層之上，無聲地掠過。牠直撲湖面，又單腿一點，倏然飛起，爪尖撩起水珠，那熟悉的氣味，讓牠的心變得滾燙，也讓牠的慾望膨脹。牠展開雙翼，雄踞湖邊，尖叫，噴火，儼然置身於自己的領地。

「嘰，啾——」鳳鳥吹響骨哨，山鷹們得令，集結在半空，黑漆漆一片，好似烏雲壓頂，牠們撲棱翅膀，腋下生風，試圖驅逐畢方。風真大啊，樹歪倒，葉橫飛，湖面掀起波瀾，畢方也被颳出幾丈遠，眼看就要倒地，突然，牠的尾羽之下，又伸出一條腿，爪子緊緊摳住地面。這就是無影腿吧，平日隱縮，情急時亮相。山鷹們一愣神，氣頓散，風驟停，畢方乘機反擊，牠一躍而起，「呼，呼，呼」地吐出三

團火焰，直撲山鷹們。山鷹們大亂，落敗而逃。

　　猛鷙們氣憤不已，牠們列成方陣，俯衝急墜，像密集的雨，畢方猝不及防，只得任由猛鷙們啄擊。一波襲擊過後，畢方抖落血珠，狂嚎一聲，肩、胸、背上的五個肉瘤猛然綻開，彈出五根長脖和五隻腦袋，好似章魚的觸角，它們四下環顧，面露殺氣。猛鷙們再度雲集，正待進攻，卻不料畢方搶先一步，六個腦袋齊噴火焰，天空頓時變成一片火海，猛鷙們逃脫不及，不斷墜亡。

　　一時間，巢窠中哀聲連連。鳳鳥一聲長嘯，尾翼盛開，如一道屏障，威風凜凜；羽毛蓬張，像根根尖刺，熠熠閃光。少年愕然。鳳鳥摘下骨哨，掛在少年的脖頸上，少年手攬骨哨，神情肅穆。鳳鳥出征了，牠在火焰中穿行，頎長而華麗的鳳尾不斷變幻着姿態，或捲着，像一棵樹；或展開，像一把扇，護佑身軀，抵禦烈焰。火焰落在鳳尾上，像碎屑一樣凋落。鳳鳥瞅準機會，一個翻身，將鳳尾炸開，猶如仙人掌，甩向畢方。這一招於畢方好似萬箭攢心，牠被鳳尾扎得又痛又癢，鮮血直流，五個腦袋縮回肉瘤中，火力銳減。鳳鳥先拔頭籌，牠抖動尾翼，煞是威猛。畢方見情勢不妙，便逃向山林，鳳鳥乘勢追擊，牠越過畢方，回身又是一擊，尾翼如閃電一樣，劃破畢方胸部，畢方慘叫一聲，墜入山間，恰巧落在一個山洞旁，畢方順勢遁入。鳳鳥追至，殺入洞穴。

　　突然洞內一聲悶響，洞口飛出一隻火鳥，天哪，竟是

鳳鳥！原來，此山洞狹窄深長，鳳鳥的尾巴卡在其中，無法施威，進退兩難時，畢方吐出一團火焰，直撲鳳鳥，火焰裏挾着、舔舐着鳳鳥的身軀，那些燒不毀、灼不爛的鳳尾，在烈焰中扭動，好似在跳一齣出謝幕的舞蹈。少年目睹鳳鳥浴火，悲慟不已，淚眼朦朧中，他看見火球迸裂，像煙花一樣散開，一隻雛鳳穿越塵煙，飛向梧桐樹，棲在自己身邊。鳳尾還在飛舞，此時，天降彩雲，捲走鳳尾，那些遺散的羽毛，飄飄落地，化作一片鳳尾樹林。

少年的心狂跳不已，他凝視着雛鳳，那眼神沉靜安定，似曾相識，莫非真是鳳鳥起死回生？

畢方仍在噴火，火焰隨風飄落，引燃山火，一團團，忽明忽滅。部落失去了首領，眾山禽的心也渙散了，牠們紛紛逃離棲息地。黃嘴小雀也來辭行，牠將隨家人遷徙。少年傷別離，手握骨哨，眼淚大顆大顆地往下落。

這時，天象幻變，半是彩霞，半是星空，兩個人影在其中閃爍不定，那是天上的神仙——皇娥和太白金星，他們對着少年隔空喊話道：「孩子，別哭。你叫少昊，你是我倆的孩子。我們故意將你留在凡間，是想使你得到歷練。現在，鳳鳥部落蒙難，牠們需要你，你要學會擔當。」

聲音飄逝，人影消失。彩雲移來，從雲上飄落下一件戰袍，只見那戰袍內有金絲襯，外飾錦羽衣，疑由鳳鳥尾翼編織而成，精美絕倫，實屬天工之物。少昊披上戰袍，一個激靈，變成了一個青年。雛鳳在枝頭蹦跳，高聲鳴叫。少昊手

執骨哨，深吸一口氣，輕輕吹響，「嘰──嘰嘰──」，熟悉的哨音，似在鼓勁，又似在呼喚，順着林梢和山脊傳向遠方。遠行者聞聲歸來，眾山禽集又聚起來，等候號令，討伐畢方。少昊器宇軒昂，目光若星，端立於梧桐樹冠之上。遠方，山巒疊嶂。樹下，眾山禽佔滿山坡，牠們齊刷刷地搧動翅膀，鼓風造勢。少昊的戰袍被風鼓蕩着，像羽翼，又像風帆。他手一展，足一蹬，縱身一躍，像一隻巨大的鳥，禦風而行，自由滑翔。

　　少昊飛臨湖面，畢方見狀，立時跳出洞穴，在高空截擊，火焰一束接一束俯射少昊。哪知少昊並不閃躲，他身上的錦羽衣猶如防火牆，火焰一觸到它，倏然就熄滅了。畢方改變戰術，跳到少昊身下，一陣仰射，少昊毫不畏懼，反而展開戰袍，露出金絲襯來收納火焰。畢方火源衰竭，火力萎謝，牠氣急敗壞，掙扎着將六個脖子絞成一股，意欲作最後一搏。少昊舞動戰袍，吸附於內襯的火苗旋成火圈，像光環一樣，飛向畢方。火圈穿過畢方，熱浪拂過的一瞬，畢方的羽毛已被悉數擄走，只留下焦紅的赤裸的肌膚。畢方眼發直，脖頸僵硬，直挺挺地栽入湖中。湖水冰冷，畢方入水後，皮膚迅速結痂，一片一片，如同魚鱗一樣，牠一息尚存，但武功已廢，尤其是失去羽毛後，牠再也無法飛行了。猛鷙們和山鷹們欲向畢方復仇，這時水禽成群飛來，在湖上盤旋，擋住了猛鷙們和山鷹們，牠們叫聲淒厲，懇求少昊饒畢方一命。少昊勸住猛鷙們和山鷹們，令畢方深潛湖底，像

一條魚一樣，永生不得上岸。

少昊凱旋歸來，部落歡呼，雛鳳衝着他鳴叫一聲「啁啁」，群山靜寂，繼而眾鳥齊聲鳴叫「啁啁，啁啁」，鳥兒們正推舉少昊當鳥王呢。少昊沉吟片刻，躍上梧桐樹頂，望天宇蒼茫，看滿山禽鳥，一派祥和安寧。他內心充滿了愛和力量，目光堅定，朗聲應諾，像個真正的首領。

千年之後，畢方演化成一頭水怪，偶爾露面噴水唬人。而禽鳥部落則由一個族群壯大成了一個王國，國中種群繁多，和睦興旺，少昊更因治國有方而被後人尊為「百鳥之王」。

故事取材

《西山經·西次三經》

原文：又西二百里，曰長留之山。其神白帝**少昊居**之。其獸皆文尾，其鳥皆文首，是多文玉石。實惟員神魂（普：wěi｜粵：快）氏之宮。是神也，主司反景。

譯文：再往西二百里，是長留山。天神白帝少昊居住在這裏。山中的獸類尾巴都有花紋，鳥類則腦袋上都有花紋。這裏也盛產帶着花紋的玉石。這裏是員神魂氏的宮殿，這個神主管傍晚的陽光。

少昊（清·汪紱圖本）

傳說少昊在東海之外的大壑建立了一個少昊之國。其百官由百鳥擔任，而少昊便是百鳥之王。另一種說法稱他是五方天帝中的西方天帝，和自己的兒子共同管理着西方一萬兩千里的地方。

原文：又西二百八十里，曰章莪之山。無草木，多瑤碧，所為甚怪……有鳥焉，其狀如鶴，一足，赤文青質而白喙，名曰**畢方**，其鳴自叫也，見則其邑有訛火。

譯文：再往西二百八十里，是章莪山。山上沒有草木，多瑤、碧一類的美玉。山中常顯現出非常怪異的景象……這裏有一種鳥，牠的形狀像鶴，只有一隻腳，羽毛是青色的，底子上帶有紅色花紋，鳥喙是白色的，這鳥的名字叫畢方，牠的鳴音就像是在呼叫自己的名字。牠出現的地方會有怪火。

畢方（明·胡文煥圖本）

形狀像一隻仙鶴，只有一隻腳，青色羽毛上帶有紅色花紋，白嘴。傳說牠出現的地方會有怪火。

孟塗

王仲儒 文

有獸焉，
其狀如犬，
六足，
其名曰從從，
其鳴自詨。

【東山經・東次一經】

在丹山的群峰之間，最奇特的要數黑風巖了。峰頂怪石嶙峋，寸草不生，崖壁處有一個天然豁口，呈半月形，狀若魔獸之嘴，風吹過時，吼聲陣陣，群山森然。豁口超大，高百仞，寬千丈，內設石榻、石桌、石墩，神人孟塗就幽居於此。

孟塗目若朗星，眉如墨畫，鼻子卻生異相——鬆軟似無骨，晃晃蕩蕩地掛在臉上，甚是怪誕，常有人見狀發笑。殊不知那鼻子大有神功，幾十里外的氣息，絲絲縷縷，盡可聞見。

這天，天氣陰冷又潮濕，雲遮住了月。孟塗盤坐在石墩上，雙目微閉，屏息凝神，聽風，聞味，甄別吉凶。漸漸地，他鼻息加重，鼻翼鼓脹，鼻膽伸長，不停地轉動、伸縮，從遊走的雲和風裏，從瀰漫的霧氣和露水裏，捕捉到了一絲血腥氣。

孟塗睜開眼睛，看見他的助手從從——一隻外形像狗卻長着六條短腿的靈獸——正從石縫中鑽出，顯然，從從的狗鼻子也偵探到了不祥的氣息。孟塗和從從對望了一下，彼此確認——又有命案發生了。

　　命案發生在跂踵國①。跂踵國凹陷在山谷，國人身材高大，用前腳掌走路，擅長在林木間攀緣跳躍，以狩獵和採藥為生。這次的死者為一家三口，父母倒斃在樹屋內，女兒慘死在離家不遠的柴棚中。這家的老父是個藥農，數月前上山採藥，在山頂的鷹巢內偶然撿得一塊奇石，那可是個稀罕物，它暗夜放光，亮如月華。一時間，眾人奔相走告，此事風傳千里。想必此樁滅門慘案，定與那塊奇石有關。

　　孟塗和從從趕到了跂踵國，族長卻告訴他們案子已經破了。兇手是一個外來的過路人，對殺害一家三口之事，他起先矢口否認，但經多次審訊後，便供認不諱了。族長在他的行囊中搜出了一件血衣，但並未找到兇器和奇石，估計已被他藏匿，現正在對他用刑，定要他交出奇石。

　　孟塗聽罷，心想：「既已承認殺人，又何必隱瞞藏寶之地？」他問族長：「兇手可有同夥？」族長答：「單獨作案。」孟塗覺得這事蹊蹺。孟塗讓族長取來兇手及死者一家三口的血衣，細細聞過：不對呀，既是誅殺三口，兇手衣服上一定濺有三個人的血漬，應有三股氣味，為何這衣服上只有女兒一人的血腥味？莫非另有什麼隱情？孟塗當即讓族長停止用刑，準備親自審問嫌犯。

　　林間的空地上圍滿了看客，嫌疑人被倒吊在大樹的樹杈上，已血肉模糊，氣息奄奄。孟塗請族人暫且散去，又命族

① 跂踵國（普：qǐ zhǒng｜粵：企種）：《山海經》記載的古國，傳說這裏的人走路時腳後跟不着地。

長騰出一間小屋當作審訊室。一切安排妥當後，孟塗開始審問嫌疑人。孟塗問：「你從何處而來？」嫌疑人答：「貫匈國[2]。」孟塗又問：「為何而來？」嫌疑人答：「路過。」孟塗再問：「你可知奇石之事？」嫌疑人答：「剛知。那天，我途經跂踵國，見天色將晚，又似有雨意，而前方有一樹屋，微光朦朧，就前去敲門，央求留宿。那戶人家雖好客，但屋舍窄小，又有女眷，只得安排我在屋外柴棚留住一宿。可能因為旅途勞頓，那晚我睡得極實。睡到後半夜，我被哭叫聲驚醒。睜開眼，我看見兩個人在眼前撕扯，一個是那家的姑娘，另一個不認識，是個大漢，他左手抓着一個包裹，右手握一把匕首。姑娘腳纏手拽，拼死呼叫，那大漢無法掙脫，手起刀落，姑娘當即橫倒在我面前。大漢割下姑娘的一片衣角，擦去了匕首上的血跡。那刀刃一閃，寒光四射，我頓時失聲尖叫。那大漢沒想到柴棚裏有人，也嚇了一跳，揮手給了我一刀，匕首扎在了我的胸口上，很深，拔不出。他一抬腿，用膝蓋猛擊我的腹部，疼得我昏了過去。等我醒來，天色已微明。我躺在血泊中，姑娘早已氣絕。我來到屋內，又見二老死狀瘆人，我心生恐懼，趕緊逃了出來，沒走多遠，就被跂踵國人截住。我說實話，他們不信，我又經不住毒打，只得屈打成招。」

　　從從聽到這兒，再也沒忍住，「嘰嘰嘰」地笑出了聲：

---

② 貫匈國：《山海經》記載的古國，傳說這裏的人胸膛上有一個貫穿的大洞。

「當胸一刀，豈有不死之理？」

嫌疑人也不言語，掙扎着脫去外衣，然後從胸口拔出一個木塞，哇，他的胸口竟有個洞，從從看得瞪耳瞠目。孟塗接過那個木塞，見木塞上果然有一道刀痕，感歎道：「之前聽聞，每個貫匈國人的胸口都有一個木塞。今日一見，果真如此，它真是救命之物啊。」

孟塗接着問：「你可記得兇手的相貌、衣着？」貫匈國人說：「兇手穿着黑衣服，拿着藍布袋和木柄匕首，左額有胎記。」孟塗追問：「可曾看清楚？」貫匈國人說：「當時月亮剛巧露出雲層，他又離我很近，雖是一瞬，但看得真切。」孟塗再問：「還有何蛛絲馬跡？」貫匈國人說：「馬！昏厥前，我隱約聽到馬蹄聲，那大漢好像是騎馬走的。」

騎馬？孟塗沉吟片刻，然後讓從從去提取姑娘指甲上的污物。從從小心地刮下凝結在姑娘指甲內的血痕，孟塗深呼吸了幾下，吸入又呼出，從丁點的血漬中，辨析着兇手的氣息和逃逸的方向。這是個精細活兒：孟塗要在兇手的血漬中，抽出一絲氣味，然後還要在空中飄散的萬千氣味中篩選出另一與之相同的氣味，再將兩股氣味「打個結」，就可以順着這條線索找到兇手了。孟塗反覆聞味，許久，他甩去鼻子上的汗滴，手指在空中彈一彈、撚一撚，扯出了一縷肉眼無法辨別的氣味的線條，放在從從的鼻尖，讓從從默記。從從出發前，孟塗囑咐道：「你要仔細觀察馬蹄印，或許它更

有價值。」從從應諾，循跡而去。

　　族長前來向貫匈國人致歉，並給他帶來藥草和食物。跂踵國懂醫之人甚多，他們將草藥搗成泥，敷在貫匈國人的傷口處，沒多久就止了血，消了腫，疼痛也緩解了，這令貫匈國人嘖嘖稱奇。

　　孟塗問族長：「山裏可有養馬的人家？」族長說：「山高林密，鮮有馬匹。」貫匈國人說：「那就怪了，我那日聽到的分明就是馬蹄聲，嘚嘚，嘚嘚，跑得飛快。」族長笑道：「翻過幾座山，有個釘靈國，那裏人的腳是馬蹄子，平日穿鞋別人看不見，也『嘚嘚嘚』地跑得飛快。」孟塗說：「既然穿着鞋，你怎麼知道他們的腳是蹄子？」族長說：「因為跑得快，釘靈國人大都以運貨為生。一次，一個釘靈國人踩到了尖刺，後來傷口生了癤，便前來問藥。他一脫鞋，我嚇了一跳——這不是一個馬蹄嘛。事後，他千叮萬囑，求我千萬不要泄密。」貫匈國人說：「這世間奇人可真多啊，人身馬蹄，莫非這兇手真的來自釘靈國？」

　　正說着，從從悻悻然回來報告：牠循着氣味，穿密林，走小道，曲裏拐彎，直至被一條大河擋住去路，氣味也被激流沖散，稀釋得無影無蹤，兇手或許已泅渡到對岸，或許順流而下，漂到河流的下游去了。孟塗問：「沿途可仔細觀察馬蹄的印跡？」從從抽了抽鼻子，說：「好奇怪啊，我一路觀察，發現那腳印確實很像馬蹄印，但不深，力度不夠。到了後程，腳印的間距明顯近了，好像很累的樣子，這顯然不

是馬的體能。」孟塗問：「所以，根據你的判斷，結果是什麼？」從從說：「我判斷，兇手是人，偽裝成一匹馬以混淆視聽。」孟塗讚道：「對，從從開竅了。兇手可能是釘靈國人，那裏人的腳是馬蹄，走路快步如飛。」從從急忙說：「那我們趕快出發，去釘靈國把他逮住。」孟塗說：「莫急，釘靈國在東南邊，兇手卻往西南方向逃逸，現在去釘靈國追兇只會撲空，打草驚蛇。」從從問：「有何計策？」孟塗說：「我們兵分兩路，一路引蛇出洞，一路守株待兔。」

幾天後，跂踵國東面的山道口和驛站旁都張貼了一張佈告，佈告上說：跂踵國滅門慘案業已告破，兇手畏罪自盡，奇石下落不明。若有拾得奇石者，務必上交山神，不可據為己有。

於此同時，釘靈國的街頭也出現了一張告示：某男，釘靈國人，暴斃於他鄉。此人身着黑衣，手持藍布袋，內有木柄匕首一把，膚黑體壯，額角有一胎記。親屬見告示，速來後山墳地認屍。

隔一日，一老婦尋來，哭哭啼啼地訴說，幾天前她兒子出門送貨，至今未歸，想來定是遭遇不幸。孟塗故意問：「你兒子的胎記，在左邊還是右邊？」老婦答：「左邊。」孟塗說：「哦，那死者並非你兒子，死者的胎記在右邊。」老婦聽罷，破涕為笑，一顛一顛地回家了。

從從像影子一樣，無聲地跟着老婦。老婦穿過長街，滿街都是「嘚嘚」聲，甚是歡快。她走到街盡頭的一間草屋

前，推門而入。從從馬上回去稟報孟塗，孟塗聽後，立刻上黑風巖，請丹山山神的衞兵下山一同擒兇。孟塗和衞兵急奔至草屋，見屋後有大片竹林，茂密葱蘢，極易藏身，他們便隱匿在竹梢處，居高臨下，只等兇手自投羅網。

那日，臨近黃昏時分，遠遠地，他們望見一黑壯大漢出現在街口，身着黑衣，手拿藍布袋，左額有一胎記，相貌特徵與兇手十分吻合。大漢與街坊打着招呼，大聲說笑，眼珠卻左右瞟視，相當警覺。他走到宅舍門前站定，環顧四周，見無異樣便閃進門內。就在這一瞬間，守候在竹梢上的衞兵借着竹枝的彈力從天而降，衝入屋內。大漢雖吃了一驚，卻並不慌亂，看上去胸有成竹。

孟塗問：「近日可去過跂踵國？」大漢說：「去過。」孟塗問：「可知道那樁滅門慘案？」大漢說：「路人皆知。」孟塗厲聲說：「是你作的案！」大漢說：「有何證據？」孟塗說：「有人證。」大漢說：「口說無憑。」從從打開藍布袋，找出木柄匕首。孟塗說：「這便是殺人凶器。」大漢說：「這是我用來防身的，釘靈國人手一把，不足為奇。」孟塗說：「奇石藏匿何處？從實招來。」大漢說：「奇石？只聽說過，未曾見過，如何招來？」孟塗說：「休要狡辯！我再容你細想。」一時間，大家都安靜下來，只聽見大漢急促的「怦怦」的心跳聲，還有屋外風吹過竹林引起的「沙沙」聲。

那大漢見天色漸漸昏暗，神色也不安起來。他對老婦

說：「燒些水來，口渴得很。」老婦哆嗦着，捧來柴火塞進爐膛，正要擊石引火，孟塗說：「慢着，天熱喝涼水更解渴。」老婦便端來涼水，大漢狂飲，竟嗆着了，咳出了淚。

夜幕罩下來，一片漆黑，孟塗鎮定自若，靜觀其變。從從看見爐膛內有一簇微光，好似火苗，忽明忽滅。牠撥開爐灰，摸出一石塊，擦去灰燼，屋內頓時明亮如白晝。孟塗手握奇石，細細審視，說：「這就是贓物，你認罪吧。」大漢歎息一聲，說：「其實，白天的時候，它就是一塊醜石。那晚路過，見其發光，就一時起了貪念。本只是想竊取奇石，但那一家三口又叫又吼，我唯恐暴露，才動了殺機。逃跑的那幾日，我露宿荒野，如驚弓之鳥。後聽聞兇手已落網，便心存僥倖，想偷偷回家，沒想到最終還是沒能逃脫。」老婦突然哀嚎道：「寧願你真的暴斃，也不想你去害人啊。」

衛兵押解着大漢去山神處聽候發落。邁出門檻的那一刻，大漢突然轉身跪倒在地，對老婦說：「我死後要變成一條狗，陪你終老。」從從聽了，心中竟然一陣悲涼。孟塗說：「萬事皆有因果，善有善報，惡有惡報。一時微小的貪念，若不克制，便會釀成千古之恨啊。」

案子破了，貫匈國人急欲回家，但他仍不能下地行走，跂踵國人心存愧疚，就在釘靈國裏找了兩位健壯的挑夫，又在深山中砍了一棵老樹，打磨出一根杠棒，使其從貫匈國人胸口的洞中穿過，再令釘靈國的挑夫把他抬回家了。

至於奇石該何去何從，跂踵國人熱議了三天，最終決定

讓孟塗將奇石轉交給山神，讓它回歸山林，也讓跂踵國恢復往日的平靜與安寧。

回黑風巖之前，孟塗和從從特意來到釘靈國的長街，看看老婦是否安好。聽街坊說，幾日前，一條黑狗流浪至老婦門前，徘徊一陣後，便蜷縮在門邊不走了。頑皮的小孩用石塊擲牠，牠不躲閃，也不狂吠，就這麼趴着，趁人不注意，還會把石塊扒拉到身前，沒幾日竟積攢了一小堆。老婦坐在門口，餵牠吃食，和牠嘮叨。以前，老婦說話兒子懶得聽，以後則不愁沒有聽客了。

孟塗仍幽居在黑風巖。從從常玩失蹤，也不知遊蕩在哪個角落，但只要孟塗的鼻子變長了，變大了，從從就會現身。其實，孟塗不想見牠，因為從從一出現，就意味着有兇案發生了。唉，誰願意聞那些血腥味呢，呼吸着森林和野花的芬芳，多美好啊。

故事取材

《海內南經》

原文：夏后啟之臣曰**孟塗**，是司神于巴。人請訟於孟塗之所，其衣有血者乃執之，是請生。居山上，在丹山西。丹山在丹陽南，丹陽居屬也。

譯文：夏朝國王啟的一個臣子叫孟塗，是主管巴地的神。巴地的人到孟塗那裏去告狀，孟塗會讓真兇的衣服上出現血跡並將其捉拿歸案，這樣就不會出現冤獄。孟塗住在一座山上，這座山在丹山的西面。丹山在丹陽的南面，而丹陽是巴的屬地。

《東山經・東次一經》

原文：有獸焉，其狀如犬，六足，其名曰**從從**，其鳴自詨（普：xiào｜粵：效）。

譯文：這裏有種野獸，外形像狗，有六隻腳，牠的名字叫從從，牠的叫聲就像在呼叫自己的名字一樣。

從從（明·蔣應鎬圖本）

外形像狗，長着六隻腳。

《海外南經》

原文：**貫匈（胸）國**在其東，其為人匈有竅。一曰：在戠（普：zhì｜粵：秩）國東。

譯文：貫匈國在三苗國的東邊，那裏的人胸膛上有一個大洞。另一種說法是貫匈國在戠國的東面。

貫匈國人（明·蔣應鎬圖本）

貫匈國的人胸膛上有一個貫穿的大洞。匈，通「胸」。

孟塗

105

《海內經》

原文：有**釘靈之國**，其民從膝已下有毛，馬蹄善走。

譯文：有個釘靈國，這裏的人自膝蓋以下的腿部都長着毛，有馬一樣的蹄子，善於快跑。

釘靈國人（明·蔣應鎬圖本）

這裏的人膝蓋以下有毛，長有馬一樣的蹄子，跑得飛快。

《海外北經》

原文：**跂踵**（普：qǐ zhǒng | 粵：企種）**國**在拘纓東，其為人大，兩足亦大。一曰：大踵。

譯文：跂踵國在拘纓國的東面，那裏的人都身材高大，兩隻腳也非常大。一種說法是跂踵國就叫大踵國。

跂踵國人（清·汪紱圖本）

跂踵國的人身材高大，腳也非常大。從國名來看，這裏的人走路時雙腳腳後跟是不着地的。跂，踮着腳。踵，腳後跟。

英招

朵芸 文

又西三百二十里，
曰槐江之山。
丘時之水出焉，
而北流注於泑水，
其中多嬴母。

【西山經・西次三經】

　　有一位瘸腿老頭，叫白賢，孤身住在油沙山腰上。

　　一天，白賢在挖地，不小心劃破了手指，血滴落到地上，地裏遂冒出一名面容俊俏的少年，他張嘴就歡快地說：「爹，我叫英招，我是您的兒子。」白賢又驚又喜，立刻從地裏把男孩挖出來。誰料這男孩脖子以下與常人不同，他長着馬的身體，卻有着老虎的斑紋，背上還有一對翅膀。

　　白賢摸摸英招毛絨絨的身體，摸摸他翅膀上的羽毛，開心地說：「我因這一雙瘸腿，一輩子沒跑贏過別人，我的兒子卻有四條腿，還有一對翅膀！」說完，他臉上的笑容突然又變為愁容。

　　「爹，您怎麼不高興呀？」英招搧着翅膀飛了幾圈，落在白賢面前問。

　　「這裏的山，原來都是鬱鬱葱葱的。你看，現在都成什麼樣兒了！」

　　「這山一眼看過去到處光禿禿的啊，爹。」

　　「兩年多前可不是這個樣子的，那時坡上到處都是鮮花，而現在連高粱都種不出來了。有些村民剛搭建的茅屋也神不知鬼不覺地消失了，導致許多人住進山洞裏，個個餓得面黃肌瘦。」

「爹，這是乾旱造成的嗎？」

「不是。某天夜裏，風聲很響，一直響到天亮。第二天，山上的樹木就光了。」

「這是誰幹的？」

「可能是一個妖怪，可是誰也沒有見過。」

「現在山民最缺什麼？」

「吃的，有人快餓死了。」

英招聽了，不再說話就飛走了，留下瘸腿老爹在後面呼喊。

直到第二天近黃昏的時候，英招才飛回來，嘴裏銜着一個草編的簍子。他把簍子放在白賢跟前，只見那裏面有許多野果、粟米、麥子，此外還有一頭小羊。白賢一看，激動得流出眼淚，他喊來鄰里鄉親一起品嚐野果，並把野果的種子埋在地裏，期盼它們能生根發芽。他們從山洞裏拿出僅存的麥稈來烤羊肉，然後從河邊舀水就着羊肉吃。對於飢餓的村民來說，這可算是一頓大餐了。他們像過節一樣，載歌載舞，感謝上天賜給了白賢一個好心的兒子。此後，英招每天飛去很遠的地方打獵、尋找果實，然後回來與大家一起分享。他還拔了一些樹苗回來讓白賢種下，白賢和村民們都期盼着森林能重現。

一天，英招飛過油沙山，又飛過不周山，看到不周山附近有一座光山，許多樹木都被連根拔起。他落在一塊空地上歇息，這塊空地與他見到的許多荒山一樣，連一根草都沒有。遠處有流水的聲音，他循聲找了半天才看見一條河，飢

渴的他湊到河邊飲水。

「哞——」

哪裏傳來的聲音？英招回過頭，光禿禿的山上不見任何人和動物的半點蹤影，他以為自己聽錯了，便轉過頭來繼續喝水。

「哞——哞——」聲音又響起來。

英招四處看看，依然不見人影。忽然，地面凸出一個土包，一隻土螻①掙扎着往上爬。

「你走，英招你走！」另一個聲音咆哮着，光禿禿的山在顫抖，空氣都為之震動。

「你是誰？怎麼知道我的名字？」英招問。

「這不是你的家，英招快走！」吼聲繼續。

「我偏不走！」英招倒要看個究竟。

土螻掙扎幾下又陷入土地，英招走過去踩了踩，地面沒有一點裂痕。他蹦着四條腿在地面上拍打，用蹄子刨出一個坑，也沒找到剛才的土螻。英招飛到遠處的山上，撿來樹枝和乾草，在河邊搭起一座茅屋；他還拔來許多果樹苗和秧苗。英招返回時，發現這座光山在空中移動。他繞山飛了一圈，上上下下看了個究竟——這座光山懸在半空，時而停留，時而遊走，溪流從萬丈懸崖直瀉雲霄。

「你走，你走！」那個咆哮聲從土地裏傳出來。英招放

---

① 土螻：傳說中外形像羊卻長着四隻角的野獸。

下嘴裏的樹苗，堅決地回答：「就不走！你是何方神聖？有膽量就出來較量。」

「你走，你走！」仍是只有這怒吼的聲音。

英招並不害怕，他按自己的計劃住下來，種麥種樹，空暇時便飛來飛去，多數時間去看望父親和村民，並給他們帶去一些食物，其他時間則到處周遊，飼養動物幼崽。不久，光禿禿的地面長出了茂密的樹林和成片的莊稼，他的茅屋也搭得更加牢固。那個趕他走的聲音總會隔天吼兩次，聲音震天響，山上山下的雲都為之顫動。但英招不予理會，他倒要看看，到底是什麼妖怪在此怒吼。

一天，他飛回油沙山，只見家裏和四周的茅屋都已不見，成了一堆土丘，父親白賢也不見蹤影。他四處搜尋，什麼人也沒有看見。這時，在一堆乾柴下，鄰居老婆婆的腦袋探出來，對着英招怒罵道：「害人的妖怪，你毀了屋子、搶了糧食，你吃掉了我家老頭，還想把我也吃了嗎？！」說完，她爬出來大聲呼喊鄰里鄉親來打妖怪。村民們紛紛從地洞裏爬出來，有的甚至扛着長棍。

「山荒了，九月的金黃麥地一夜之間也荒了。英招幹盡了壞事！」村民們怒氣衝衝地說道。

白賢制止了大家的衝動行為，要大家保持冷靜。他說：「我們要找到真正害人的妖怪。英招一直幫助大家，怎麼會害大家呢？！」

「我們尊敬你，白賢老人，可是英招就是那個妖怪！」

村民們說。

英招在屋頂上聽到這些，既驚訝又納悶，一向感恩自己的村民，怎麼突然變臉了呢？他叫了一聲便往回飛，一路上他都在尋思村民的話究竟是什麼意思。當他飛過不周山時，他看見自己住的光山在半空中緩緩移動，這座曾經光禿禿的山，如今遠遠看去，已鬱鬱蒼蒼，充滿生機。他落下來，穿過樹林，看見自己撒播的麥子已一片金黃。他啃下一叢一叢麥穗，用麥稈紮了一捆又一捆，一趟一趟往油沙山送去，送到白賢身邊，送到村民們的洞口。他對大家說：「有我在，就有你們一口糧。」村民們聽聞此言，議論紛紛，大家都在肯定自己的猜測——英招這頭妖怪，先取得了大家的信任，現在顯出本來面目，偷了大家的麥子，吃掉鄰居老爺爺，生怕遭受神的懲罰，又把麥子還回來。於是，他們跪地祈求，求神除了這妖怪。英招聽到這些，不予理會。他飛到附近的大山上，那裏曾經茂密的大樹都已不見了，莊稼也全不見了，只剩下幾棵老樹，山上一片荒蕪。這是什麼原因造成的呢？他緊鎖眉頭，循着氣味一口氣飛回了光山。

光山此時懸浮在陰山上空，一頭和英招長得一模一樣的怪獸正在陰山上吞食大樹。英招怒吼一聲飛過去，發現雲裏又冒出一頭和自己一模一樣的怪獸，接着，兩頭、三頭、四頭、五頭……無數頭與自己一模一樣的怪獸從不同的方向朝大山飛去，他們張開大口，「呼呼呼」，一棵棵樹木被連根拔起送入嘴裏；「呼呼呼」，一片片高粱被吸入嘴裏；「呼

呼呼」，一隻隻土螻被捲入嘴裏；「呼呼呼」，幾朵白雲被填入嘴裏……他們發出巨大的吞嚥聲，肚子撐得越來越大，三座大山不一會兒功夫就變得光禿禿的了。

英招忍不住怒喝一聲：「停——」他的尾音久久不息，延綿萬里。無數頭與他一模一樣的怪獸呼呼叫着，瞬間消失在天邊，英招尋找着他們的身影，但除了破敗的山體，他什麼也沒找到。他往自己的光山飛去，眉頭皺成了「川」字。他的光山又不知道飄到哪兒去了，但憑藉嗅覺，他總能準確無誤地回到自己的家。然而當他循着氣味回到光山時，卻看見自己那鬱鬱蒼蒼的小山，又成了剛來時光禿禿的樣子，山上連一根草都沒剩下！

他大叫着，在光山上翻了一個跟斗，頓時塵土飛揚。突然，光禿禿的土壤裏探出一隻怪獸，此怪獸全身是土，身體比英招大無數倍，像一座土丘，每走一步，身上的塵土就像雨點一樣飄灑下來。它張開大口欲把英招吞下，英招躲閃着，跳到了它的腳跟旁。怪獸身體太大，看不見腳下的英招，它開始吼着說：「山空了，山空了，吃什麼？」說完，只聽「阿嚏」一聲，怪獸打了一個巨大的噴嚏，一棵樹從它的嘴裏噴出來，兩隻土螻從它嘴裏噴出來，一座房子從它嘴裏噴出來。英招一看：「這房子不是我建的嗎？這樹不是我種的嗎？土螻也是我養的吧！難道是這頭大怪獸把我山上的東西吃光了？」正尋思着，只見大怪獸把噴出來的樹、土螻和房子又「嗖嗖嗖」幾下吃進了嘴裏，然後沉入地下。

英招想起，這頭大怪獸的聲音正是一直以來那個催他走的聲音。英招決定消滅它，為民除害。他惦記着沒有房子、沒有糧食的村民，他想着，如果帶他們逃到遠方的村寨，雖然此時遠方的山尚在，莊稼也尚在，可是大怪獸不除，遠方也免不了要遭殃。再說，村民們現在對他有深深的誤會，恐怕也說服不了他們。於是，他只好飛到遠在北邊的天山、東北邊的泰器山，甚至北嶽山，請曾經來遊玩時結交的土螻朋友抓來獵物、採來山果，再請樹鳥、大鵰朋友給村民送去。村民們認為這是神送來的禮物，每次都跪地拜天以表達感激之情。

七日之後，英招從油沙山暗暗探望鄉親回來，發現光山已飛到了接近天山邊境的地方。光山的懸崖邊，有許多頭跟自己一模一樣的怪獸正向四面八方飛去。英招大喝一聲，搧着翅膀騰空一躍，追上去問：「你們是什麼妖魔？為什麼化成我的模樣做壞事？」

怪獸們一個個轉過身來，領頭的說：「我是傲慢。」接下來的怪獸紛紛說：「我是暴怒。」「我是懶惰。」「我是貪婪。」「我是嫉妒。」「我是暴食。」「我是淫慾。」「我是自私。」「我是自負。」「我是責怪。」「我是抱怨。」「我是攻擊。」「我是尖酸。」「我是刻薄。」「我是狠毒。」「我是霸道。」……

不知道到底有多少頭怪獸一齊朝英招飛來，讓英招眼花繚亂，應接不暇。英招以退為進，跌坐在光山上，怪獸們

追擊上來，用蹄子踢他，用嘴咬他，用身體頂他。英招的臉被劃出一道道血痕，但他毫不畏懼，怒吼一聲飛到半空，然後落下來踩在怪獸背上。他搧搧翅膀，翅膀就發出巨大的神力，每用力搧動一次，一頭怪獸就會慢慢縮小直到隱入土中。英招使盡力氣搧動了九九八十一下，所有怪獸全都隱入光山的土中了。他走到河邊喝水解渴，河裏的小魚游進英招張大的嘴裏，英招吞嚥下去，頓感精力充沛。可他萬分心焦：這些怪獸雖已隱入土中，但它們隨時會冒出來吞食山水、吞食莊稼、吞食村民，最終會把整個世界吞沒。

一條魚兒從水中探出腦袋，來回游動，水面上蕩開了一道道波紋，陽光映照在水面上，波紋漸漸形成一個「神」字，英招見了，為之一振——既然這是一條神河，我必定能消滅怪獸。他趴在地上，腦子裏浮現出父親白賢的身影，他彷彿感受到了父親的力量。他揚起尾巴敲打地面，地面裂出一道縫隙，他再敲打一次，地面的縫隙更大了，從中露出一截樹枝，一隻土螻從裏面爬出來，發出「哞——哞——」的聲音。英招試着鑽進去，使出翅膀的神力搧了一下，頓時塵土飛滿天際，光山裂出一道巨大的口子，鳥雀尖叫着從裏面飛出來。

「把吃了我的給我吐出來！」英招繼續搧動翅膀大聲說。

那大怪獸坐在光山裏大吼着，變出無數個與英招一模一樣的怪獸。

英招展開翅膀，飛到半空，繞着群妖盤旋一圈，他揚

起的翅膀每敲擊一下，一頭怪獸便粉身碎骨，他連續敲擊了九九八十一下，所有的怪獸都被消滅了。這些怪獸碎成一片片落到地上，地下飢餓的村民以為是天上掉下的食物，抓到手中便狼吞虎嚥地吃了起來。

　　善良淳樸的村民吃了怪獸碎片後性情大變——吃了傲慢的人，變得目中無人；吃了暴怒的人，脾氣變得非常火爆；吃了懶惰的人，再也不勤勞；吃了貪婪的人，總是貪得無厭；吃了嫉妒的人，見不得別人比自己好；吃了暴食的人，成了貪吃鬼；吃了淫慾的人，整天不思進取；吃了自私的人，心裏從不為他人着想；吃了自負的人，認為自己才是最優秀的；吃了責怪的人，遇上不順心的事就把責任推到別人身上；吃了抱怨的人，一天到晚嘮嘮叨叨、唉聲歎氣；吃了攻擊的人，有事沒事就喜歡攻擊他人；吃了尖酸的人，嘴裏從此沒吐出過好話；吃了刻薄的人，心裏只琢磨着害人的方法；吃了狠毒的人，竟然殺害自己的骨肉；吃了霸道的人，唯我獨尊，不聽任何人的意見……

　　八十一頭怪獸被敲碎後，大怪獸從飄動的光山上聳立起來，移動着笨重的身體對英招張牙舞爪，發出撕心裂肺的吼叫聲。英招的身體像一注泉水似的噴上去，前腿鉗住大怪獸的下顎，翅膀對着它張開的大嘴搧風，說：「吐出來，給我吐出來！」搧了九九八十一下，那大怪獸喉嚨才開始發癢，打了一個大噴嚏又一個大噴嚏，接連打了九個噴嚏，緊接着，一棵棵大樹從大怪獸口裏噴出來，井然有序地長回到原

來的位置；所有被噴出來的花草，全插進了土壤，依然是鮮活的樣子；被噴出來的房子回到原處，像沒動過一樣；被噴出來的土螻絲毫沒有受傷，牠們在林中雀躍着；飄移的光山像一名巨大的撒播者，往地上撒播着一棵棵大樹、一隻隻動物、一片片稻穗、一座座小茅屋，還有一個一個的人⋯⋯大怪獸噴出一股河水後，身子坍塌下來，變成一堆沃土平鋪在地上。

原來這是餓神，在偷吃了天上的所有食物後被天帝捆綁在大山的山洞裏。餓神一伸腰，便頂破了山洞，然後它四處漂泊去尋找食物，找不到食物便開始吃樹、吃動物、吃人、吃房子，肚子越撐越大，像個無底洞一樣永遠填不滿。現在，餓神的身體已變成沙土，柔軟的小草頃刻間把這片土地抹成了碧綠的一片。

英招實則是天帝讓其降生在白賢家的神，天帝特地委派他下凡除去餓神這隻貪吃大怪。而地上的百姓吃了怪獸碎片後性情發生變化，卻是天帝沒有預料到的。

天空下，一片金黃的麥穗旁，村民們跪在地上拜謝英招。

英招辛勤耕耘的光山，恢復了原來的茂盛和生機。村民們的住處附近，也長滿了大樹、鮮草和野花，山上牛羊成群，鳥雀歡歌，完全恢復了兩年多前生機勃勃的樣子。英招把光山拉到崑崙山北邊，並把光山命名為槐江山。他把父親白賢接來同住，一起打理這座美麗的神山。白賢登山後即成了瘸腿仙人，原來他本是天帝手下的一名將領，在一次戰爭

中傷了一條腿才被委派下凡的。

　　槐江山自從懸在崑崙山的北邊後，就不再飄移了，且一日比一日修建得完美，懸崖邊的神河日夜流淌，河水清澈見底。習慣到處闖蕩的英招在山上閒不住，他想：「山不動，人動。」於是，他周遊四海，結交各色朋友，後來在白賢的指導下參加了許多戰爭，並憑藉自身的膽略、正義和英勇，打了許多勝仗，深受天下百姓愛戴。

　　戰爭結束後，英招專為黃帝效勞，他巡行四海為其傳佈旨命，並成為槐江山的山神。人們說，凡有勇氣登上槐江山者必定成仙。

新
說
山
海
經
·
英
雄
卷

《西山經·西次三經》

原文：又西三百二十里，曰槐江之山。丘時之水出焉，而北流注於泑（普：yōu｜粵：泑）水，其中多贏（普：luǒ｜粵：裸）母。其上多青雄黃，多藏琅玕（普：láng gān｜粵：狼竿）、黃金、玉。其陽多丹粟，其陰多采黃金、銀。實惟帝之平圃，神英招（普：sháo｜粵：召）司之，其狀馬身而人面，虎文而鳥翼，徇於四海，其音如榴。

譯文：再往西三百二十里，是槐江山。丘時水發源於此，向北流入泑水。水中有很多螺螄，山上有很多石青和雄黃，還有琅玕、黃金和玉石。山南多粟粒大小的丹砂，山北多產帶符彩的黃金白銀。這裏是天帝所居的園林玄圃，由天神英招主管，他長着馬的身子人的面孔，身上有老虎的斑紋和鳥的翅膀，他巡行四海傳達天帝的指令，聲音如同用轆轤在抽水。

《西山經·西次三經》

原文：有獸焉，其狀如羊而四角，名曰土螻，是食人。

譯文：崑崙山中有一種野獸，外形像羊卻長着四隻角，牠的名字叫土螻，這種野獸能吃人。

英招（明·蔣應鎬圖本）

英招人首馬身，渾身虎斑，背有雙翼，能騰空飛行，周遊四海。傳說他是保護世間和平的神。

土螻（明·蔣應鎬圖本）

土螻是一種外形像羊、長有四隻角的異獸。傳說牠的角十分銳利，如果有人碰到牠的角就會立刻斃命。

精衞

朵芸 文

有鳥焉，

其狀如蛇而四翼，

六目三足，名曰酸與，

其鳴自詨，

見則其邑有恐。

【北山經‧北次三經】

炎帝的小女兒女娃身形纖弱，生性活潑善良。

她七歲時釣到了一條兩棲怪魚，這魚有三條尾巴、六隻腳、四個腦袋，叫聲像喜鵲，牠的名字叫儵魚。女娃憐愛這魚，便放了牠。但這魚不走，隨着她的船游，船到哪，魚就跟到哪，牠成了女娃的隨從。

這天，女娃划着一葉扁舟，帶着好朋友儵魚在海上遊玩。她像往常那樣趴在扁舟上，透過海面好奇地看儵魚在海底下嬉戲，雖然她看不到儵魚到底在做什麼。

此時，一條破漁船從她們身旁漂過。海面上經常可以見到這種破漁船，每次女娃都不放過，一定要跳上去看個究竟。正當女娃想跳上這條破漁船時，儵魚突然從海裏探出頭來，一副得意洋洋的樣子，原來牠銜來一支紅色的珊瑚簪子。女娃拿過來仔細打量了一下，說：「好漂亮的簪子啊！」說着，便把簪子插入髮髻，頓時，她耳邊傳來了陣陣琴聲，琴聲舒緩輕盈，讓女娃感到身心舒暢，身輕如燕。突然，海面上湧起一陣翻滾的波浪，還沒等她和儵魚反應過來，「嘩」的一聲，一隻帶翅膀的傢伙從海裏躥出來，牠大叫一聲，用爪子兇猛地搶過女娃髮髻上的簪子，「酸與，酸與」地叫着，盤旋一圈後又鑽入海裏。剛才的琴聲消失了。

那個小小的簪子一定有什麼魔法，女娃想。

紅珊瑚簪子的事讓女娃念念不忘，那叫着「酸與」的怪物為什麼要搶走簪子呢？帶着這疑問，她和鰷魚又划着小扁舟在海面上到處轉悠。鰷魚潛入水裏幾次，並沒有帶來紅珊瑚簪子。女娃便到海邊的樹林裏折下一根長樹枝，摘去葉子，然後又取下自己的腰帶和流蘇，綁在樹枝的一頭，做成一個釣竿。衣服沒了腰帶，就那樣敞開着，隨風鼓起飄到女娃身後，露出她貼身的紅肚兜和瘦小的雙腿。她看着自己的這幅模樣，忍不住大笑起來。鰷魚的四張嘴各銜着一條毛毛蟲，女娃用流蘇的細線綁着牠們做魚餌，然後坐在扁舟上，雙腳泡在海水裏開始垂釣。

突然，女娃聽見一陣求救聲，只見不遠處的海面上，一名漁夫在拼命掙扎。女娃放下釣竿划舟過去，把漁夫救了起來。這位年輕的漁夫驚恐地告訴女娃，他被一個浪打入海裏，雙腳像被什麼鉗住了一樣不得動彈。女娃划着扁舟送他回到自己的漁船，那漁夫感激不盡，送給她十條魚，然後千恩萬謝地道別離去。女娃看到他的船上除了魚還有貝殼，她回想起海面上那些漂浮着的破漁船，難道它們的主人都遇難了嗎？

幾個雨天之後的清晨，天氣晴好，風和日麗，女娃和鰷魚來到海邊。她划着小扁舟剛剛出發，就聽到海面上傳來一陣歡笑聲。女娃循聲望去，見有一男一女，女的裝束華貴，挽着一名樣子普通但表情興奮的男子從海面上游過來。那女

的像仙女一樣輕盈漂亮，女娃看呆了。他們經過女娃身邊時，美女側頭瞄了女娃一眼，目光中帶有一絲敵意與排斥。這時鯈魚突然跳入水中，朝那對男女追去，繼而躥到他們頭頂又飛快地游了回來。原來，鯈魚從那女子頭上抓來了紅珊瑚簪子。女娃讚賞地拍着鯈魚的四個腦袋，然後把簪子插入髮髻。刹那間，天空烏雲翻滾，海面波濤洶湧，剛才那對男女不知道何時不見了，那個叫着「酸與」的怪物卻突然冒出來，氣勢洶洶地朝女娃飛來，兇狠地對女娃說起人話來：「還我簪子，還我簪子！」

「你是誰？」女娃問。

「還我簪子，還我簪子！」酸與一邊搧動着兩對翅膀，一邊揮舞着三隻爪子，還不停地嚎叫着。

「告訴我簪子的事我就還給你，否則我馬上回天上去。」女娃靈巧地躲閃到一朵雲上說。酸與見此情形立刻恭敬地回答：「您既能騰雲駕霧，想必不是普通女子，請隨我來。」牠帶着女娃和鯈魚潛入海底。有紅珊瑚簪子在頭上，女娃在水裏居然能自如呼吸游動。鯈魚繞在女娃身邊，一直歡快地「啾啾」叫着。她們游到一座巨大的石屋前，女娃按酸與的指點取下簪子，對着門畫了一個圈。大門開了，她把簪子重新戴在頭上，輕柔的琴聲在耳邊若隱若現，讓人感到輕鬆愜意。

進屋後，大門自動關上了。屋內上下漫游着魚兒，有的像團扇那麼大，更多的則如手掌般大小。牠們顏色不一，有

精衛

黑灰色、銀白色、紅色、橙色、黃色、綠色、青色、藍色、紫色，還有的帶着條紋和花斑。只見一群紅色的像一片片楓葉般的小魚兒，排成菱形從女娃左邊肩膀緩緩游過，女娃不禁伸手去抓，小魚兒靈活地躲閃開後又回歸到隊伍中。女娃腳底下低矮的珊瑚，成團成片，鮮紅豔麗，像一株株彩色的樹叢，又像一朵朵盛開的大花朵簇擁在一起。小魚兒三三兩兩地繞在旁邊，儵魚的「啾啾」聲嚇得躲在珊瑚枝底下的一條小藍魚突然翻了個跟斗，不過，海水一會兒就恢復了平靜。女娃的耳中隱約響起簪子帶來的琴聲，讓她游動起來更加精神百倍。

　　游了一會兒，她們來到一個像天井一樣的平地，四周浮游着一排排人面魚身的動物，牠們看見陌生人就發出如鴛鴦般的叫聲，酸與說牠們是赤鱬，專門負責守崗。一隻赤鱬游到女娃身邊，用嘴扯了一下她的衣角。她們繼續游動，來到一個圓形門前，酸與讓女娃用簪子開門，女娃靈機一動謊稱簪子已經掉落不見。酸與立刻警覺起來，牠從嘴裏吐出一個同樣的紅珊瑚簪子，對着門畫了一個圈，門開啟後簪子又被牠含在口中。

　　她們游進屋內，裏面有兩排赤鱬守崗，還有一些半魚半人獸在不停地忙活。屋子大門對着的正中央，半躺着一隻塊頭如成人大小的無臉海蛙，牠的整個頭像一個看不見底的黑洞，眼睛隱在黑洞上方，只聽黑洞裏傳出喘息的怪叫：「尿……尿……快，快点！」一個半魚半人獸抱來一罐子

尿液，無臉海蛙抱着罐子往牠的黑洞裏倒，只聽「咕嚕咕嚕」，一罐子尿全被喝光了。頃刻間，無臉海蛙變成了一個魚尾人身的漂亮女子，此女子正是女娃在海面上見到的那位美女！她舒心地歎口氣說：「舒服！」

她看見女娃後哈哈大笑，說：「小傢伙，逮住你我就放心了，有事沒事到破漁船上翻什麼呢？今天你來了，我也不怕跟你講，那些破漁船的船主，都在這兒伺候我呢，你也留下吧。哈哈哈哈……把她綁好關起來餵赤鱬得了！」酸與突然游過來，獰笑着從女娃頭上取下紅珊瑚簪子，說：「簪子不見了？哼哼，小姑娘連騙人都不會！」接着，牠把簪子遞給漂亮的人魚，那人魚對簪子唸了幾句咒語，沒一會兒工夫，一名漁夫就從海上沉了下來。赤鱬們擁過去，用腦袋頂着罐子，在半人半魚獸的協助下取了漁夫的尿液，然後半人半魚獸把罐子密封好，放在了另一個房間裏，女娃看到那房間裏擺滿了罐子。

原來，無臉海蛙靠男子的尿液來維持漂亮的人魚模樣，她管理着石屋裏的兩千條海魚和一些海怪，漁夫被拉下來取出尿液後，她就用魔咒把漁夫變成赤鱬，表現好的赤鱬可以再變為半人半魚獸，在裏屋伺候她。漁夫變成赤鱬就不再有尿液，於是她利用紅珊瑚簪子唸咒語，不斷地將出海的漁夫拉下海，以便使用他們的尿液維持自己的美貌。

儵魚對着石屋的四周不停地「啾啾」大叫，聲音清脆響亮，迴蕩在深深的海底。

一群赤鱬銜着繩子游過來把女娃綁住。女娃身上沒有簪子，感覺呼吸變得越來越困難，她想這下完了，自己已無法逃離，而留在此地也活不了了，但在死之前得把簪子毀掉，以免無臉海蛙繼續作惡。於是她用力掙脫繩子，來到人魚身邊，一把扯下她頭上的紅珊瑚簪子，用力往礁石上投擲，簪子被摔得粉碎。人魚見了，怒不可遏，她伸手從懷裏摸出另一支紅珊瑚簪子，又唸了聲咒語，女娃立刻被關進籠子，儵魚繞着籠子不停地「啾啾」大叫，酸與抓過儵魚，一把將其塞進關女娃的籠子裏，憤怒的女娃呼吸更加困難了，她沒有力氣反抗，一會兒就昏迷過去了。

人魚本是一隻生活在海邊的普通雌海蛙，一次在張嘴食蟹時，一陣妖風吹入她腹中，讓她的肚子變得奇大，每天捕食八隻螃蟹也填不飽肚皮。在找不到食物時，她見啥吃啥，甚至可以吞食石頭與動物糞便。幾年過去了，她的身體膨脹得如成人般大小，嘴吃成了一個大黑洞，臉都給擠沒了。岸邊和海裏的動物都躲着她；漁民們見到她都要吐着口水說三聲「呸，呸，呸」以解除晦氣；海邊的人們總以「貪吃又不聽話的壞孩子會變成無臉海蛙」這句話來嚇唬小孩。每天從天邊露出曙光開始，無臉海蛙龐大而孤獨的身影便在海邊蠕動，天黑了也不停止覓食。

有一天夜裏，一名漁夫在黑暗中對着無臉海蛙的黑洞大嘴撒尿，海蛙喝到漁夫的尿液，竟變成了一個會說人話的漂亮人魚！即使幾天不吃也不會餓。然而一周過後，她又恢復

成了無臉海蛙。直到一年後，當她再次因喝到男子的尿液而變成美人魚後，她才找到自己變身的原因。此後，尋找男子尿液便成了她主要的目標。

變成人魚的她在海裏遨游時，曾從鵰的嘴裏救過一條海蛇。這條海蛇為了報答人魚，也因為喜歡人魚的漂亮，便一直尾隨在人魚身後，牠把在海裏撿到的紅珊瑚簪子插在人魚的髮髻上，幾年後，她們一起發現了簪子的魔法。於是，她不用在黑夜裏守株待兔般等待漁民撒尿，而是直接抓出海的漁民來取其尿液。她還幫助海蛇變出了兩對翅膀、六隻眼睛和三隻腳。海蛇變身後發出「酸與，酸與」的叫聲，而且會說一些人話，能游會飛，人們便稱呼其為「酸與」。有了簪子的魔法，人魚膽子越來越大，她和酸與吃掉了一隻海龜王，霸佔了海龜的海底石屋。現在對於她來說，儲藏的簪子越多，越能讓她感到踏實。這不，見女娃昏迷過去，她和酸與便出了石屋又去尋簪子了。

在深海世界中，流傳着魔法紅珊瑚簪子的傳說：這種紅珊瑚簪子，可以幫助擁有者實現心裏的願望。那麼，到底是誰製作了這種魔力強大的紅珊瑚簪子呢？

一條赤鱬游過來把籠子打開，如果女娃醒着的話，一定會認出這是扯她衣服的那條。

儵魚站在門口發出尖銳的「啾啾」聲，牠的腳爪不停地抓撓着大門。這時大門被打開了，牠的兩個儵魚夥伴出現在門外，其中一個嘴裏銜着一個紅珊瑚簪子，牠們是聽到叫

聲，才尋找到這裏的。鯈魚第一次找到簪子，便是和牠倆一起發現的。鯈魚急忙把簪子插入女娃的髮髻中，只見女娃漸漸蘇醒了過來。她驚奇地問赤鱬：「這是在哪裏？」

「噓！輕點」赤鱬說。

「你是魚，還是人？」女娃想起來昏迷之前發生的一切。

赤鱬說：「我是人，是被人魚騙來的漁夫，變成了魚！」

「現在門已打開，大家快快逃離，否則再難有機會！」女娃看着敞開的大門，急切地提醒大家。

反應過來的半人半魚獸和赤鱬依次游出門外，往海面游去。

「緊鎖的大門，今天終於打開啦！」赤鱬們搖擺着尾巴興奮地說。

「我們現在這個樣子回去見家人，我的妻子和孩子怕是認不出我了。」一位半人半魚獸流着淚說。

「你們回去一定得揭穿無臉海蛙的祕密，否則將會有更多的漁夫落難！」女娃邊游邊說。

「正是，如果人魚一直猖狂下去，海邊的男子即將滅絕。可憐我的老娘獨自在家……想必她在日夜盼着我，也許她以為我已經死去，要哭成淚人兒了……」

「怪我自己不好，我是打漁時被人魚騙來的，她說要帶我過神仙的日子，所以我就離開了我那剛出生的兒子……在那個黑暗的石屋裏，我無時無刻不在想念牽掛我的妻子和寶貝兒子，我愧疚得夜夜無法入睡……」

「我恨人魚，我恨那個充滿尿臭味的巢穴，早就想一錘把它給砸掉了！」

「砸掉！砸掉！砸掉！」赤鱬們紛紛湧過來尖叫着。

「石屋堅固，恐怕砸不了，還是想法掩埋它吧……噓，大家不要驚動了人魚。」女娃說。

游到海面後，女娃學着人魚的樣子對着簪子唸咒語，只見赤鱬和半人半魚獸全都恢復了漁夫的樣子。女娃驚呆了，因為這正是她剛才腦子裏的想法，沒料到顯靈了，好神奇的簪子啊，她高興得眼淚直流。漁夫們有的大吼，有的哭了起來，他們磕頭謝過女娃：「有了女娃和儵魚，我們才得以出來，救命之恩，永不相忘，待我們先回家報平安，明日再來一起商討攻克人魚、掩埋石屋大計。」

「好，掩埋石屋，迫在眉睫。明日見。」女娃把簪子插入髮髻後嚴肅地回答。

看到漁夫們漸漸遠去的背影，女娃暫時忘卻了海底下驚心的一幕。不過，她在心裏已經暗暗決定：一定要設法掩埋人魚的巢穴，最好趁人魚在石屋裏時將她一起掩埋掉，以後那些無辜的漁夫就不會再遇不測了。

有紅珊瑚簪子在身上，女娃重新領着儵魚潛入海裏，探究妖怪的祕密。儵魚「啾啾啾」地追小魚小蝦吃，叫聲引來了之前開門的另外兩條儵魚。牠們像往常一樣用四張嘴去啃磨珊瑚，再用六隻腳踩踏珊瑚，那些珊瑚碎末緩緩沉入海底，女娃摸摸落在海底的碎末，不禁惋惜道：「這麼漂亮的

珊瑚都被你們弄碎了！」她伸出雙手捧起彩色的珊瑚碎末，讓它們從指縫裏漏下，漏完再抓起，漏完再抓起。在抓捧時，她發現碎末下面有一個凹槽，女娃欲用手將之撫平，卻發現凹槽已堅硬成型，像是一個簪子的形狀。女娃取下紅珊瑚簪子放入凹槽中，簪子與凹槽完全吻合！

女娃不知道，此凹槽，正是魔法紅珊瑚簪子的出處：幾百年前，一位仙女的簪子掉入海裏，簪子發出了神奇的光芒，後被一條好奇的大魚吞入肚中。簪子雖被吞掉，但簪子留下的印跡永遠留在了海底。更為神奇的是，只要紅珊瑚碎末落入凹槽，就能凝成一個帶魔法的簪子，而對着簪子唸聲咒語，心中的願望就會實現。無臉海蛙和酸與找到這個地方後，便一直偷偷來此製作紅珊瑚簪子。她們從鱃魚搗碎的珊瑚碎末裏挑出紅色部分填入凹槽，再用其他海草遮掩，待一個月後簪子成型再取走使用。而魚兒在啃磨珊瑚時完全不知道，自己正在間接協助無臉海蛙製作紅珊瑚簪子。

女娃發現簪子的印跡後，心「怦怦」直跳，正當她打算讓鱃魚搗碎凹槽時，酸與從海底朝自己游來了。女娃趕緊游出海面，找到自己的小扁舟準備回家，不料頭上的紅珊瑚簪子滑落到了海裏。霎時間，天氣驟然變幻，平靜的海面頓時掀起了驚濤駭浪，藍天、白雲、暖暖的太陽轉眼都不見了，天上黑壓壓一片，翻滾的烏雲與翻滾的海浪上下呼應，瘦小的女娃夾在海天之間，猶如一隻受困的、無助的、弱小的螞蟻，進退兩難，上下不得。鱃魚在海面上使勁拽着小扁舟往

岸邊游，可是風浪太大，沖開了牠與扁舟，牠與女娃離得越來越遠，越來越遠，沒一會兒，鯈魚就被翻打得不見了蹤影。

酸與突然躍出來，牠時而讓巨浪由遠及近朝女娃呼嘯而來，時而在女娃身邊，企圖用爪子抓起女娃的髮髻。但是女娃憑藉靈活的身法巧妙敏捷地躲過了一個又一個猛撲過來的大浪，她一會兒與海風海浪周旋，一會兒與上下翻飛的酸與對峙。時間一點一點過去，越來越強勁的海浪像瘋狂的妖魔，正張開巨大無比的海口，似要把海上的一切給吞噬下去。年幼的女娃力氣越來越小，體力漸漸不支。天越來越暗，夜幕已經降臨，海天連成漆黑的一片，女娃的小扁舟被捲到海中央，讓她無法辨認海岸的方向。她不禁大聲呼救，但喧囂的海濤聲蓋住了她的求救聲，強烈的海浪打得她喘不過氣來，輕薄的小扁舟被巨浪掀翻，又被碾成了碎片，女娃被漩渦吸入了深淵，她的體力已經耗盡，她的身體越陷越深，越陷越深，永遠也游不動了……

第二天，漁夫們按照約定來到岸邊，他們萬萬沒想到，一個晚上的工夫，他們就再也無法見到可愛善良又勇敢的女娃了。「說好今日一起商討掩埋石屋大計的，親愛的女娃，為什麼你遲遲不來？你在哪裏，你在哪裏？！」此時，鯈魚突然浮出海面，發出前所未有的哀叫，漁夫們從牠四個腦袋的每一隻眼睛裏看見了悲傷。他們默默跪在岸邊，久久不肯離去。鯈魚轉而消失在海浪中，再也沒有出現過。

女娃落水後幾天，她的靈魂化為一隻小鳥，從她所沉溺

的水面下破浪而出。小鳥的外形像普通的烏鴉，頭部的羽毛上有花紋，白色的嘴巴，紅色的爪子，牠住在佈滿石林的發鳩山，發出「精衞，精衞」的叫聲。精衞鳥天天穿梭在發鳩山與東邊大海之間，牠從發鳩山銜着石子或樹枝飛到海邊，把它們投入海裏，從不停歇。

　　此後，每年在女娃落難的那個日子，漁夫們都會結伴到海邊舉行各種隆重的祭祀活動。不知道過了多少年，女娃落水的地方出現了一座礁石，石塊上滿是樹葉與樹枝的印紋，精衞鳥早已不見了。大概妖巢與神簪凹槽已被埋在了礁石之下吧。

故事取材

《北山經·北次三經》

原文：又北二百里，曰發鳩之山。其上多柘（普：zhé｜粵：這）木。有鳥焉，其狀如鳥，文首白喙，赤足，名曰**精衛**，其鳴自詨（普：xiào｜粵：效）。是炎帝之少女，名曰**女娃**。女娃遊於東海，溺而不返，故為精衛，常銜西山之木石以堙（普：yīn｜粵：因）於東海。

譯文：再向北二百里，有座山叫發鳩山，山上長了很多柘樹。那裏有一種鳥，牠的外形像烏鴉，頭上羽毛有花紋，白色的喙，紅色的爪子，名叫精衛，牠的鳴聲有如在呼叫自己的名字。牠原是炎帝的小女兒，名叫女娃。女娃去東海遊玩，不小心淹死在大海裏，就變成了精衛。牠常常銜了西山的小樹枝、小石子，想填平東海。

精衛（明·蔣應鎬圖本）

外形如普通烏鴉，頭部羽毛上有花紋，白嘴紅爪，牠發出的叫聲好像在呼喚自己的名字。傳說現在的山東半島和遼東半島就是精衛填成的。

原文：有鳥焉，其狀如蛇而四翼，六目三足，名曰<u>酸與</u>，其鳴自詨，見則其邑有恐。

譯文：山裏有種鳥，外形像蛇，長有兩對翅膀、六隻眼睛、三隻腳，牠名叫酸與，啼叫起來就像在呼喚自己的名字。牠在哪裏出現，哪裏就會發生可怕的事情。

酸與（清·畢沅圖本）

酸與是一種凶鳥，牠出現在哪個地方，哪裏就會有可怕的事情發生。

《北山經·北次一經》

原文：彭水出焉，而西流注於芘湖之水。其中多**儵**（普：yóu｜粵：由）**魚**，其狀如雞而赤毛，三尾六足，四首，其音如鵲，食之可以已憂。

譯文：彭水發源於此，向西注入芘湖。水中多儵魚，其外形像雞卻長着紅色的羽毛，有三條尾巴，六隻腳，四個腦袋，叫聲和喜鵲一樣，吃了牠的肉就能使人樂而忘憂。

鵺魚（明·蔣應鎬圖本）

　　外形像雞，紅色羽毛，叫聲如同喜鵲。吃了牠可以樂而忘憂。

《南山經·南次一經》

　　原文：其中多**赤鱬**（普：rú | 粵：蠕），其狀如魚而人面，其音如鴛鴦，食之不疥。

　　譯文：澤中有許多赤鱬，其外形像普通的魚，卻有一張人臉。叫聲同如鴛鴦一樣，吃了牠的肉，就能不生疥瘡。

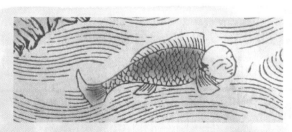

赤鱬（明·蔣應鎬圖本）

　　外形如普通的魚，卻長着一副人的面孔，叫聲與鴛鴦類似。吃了牠，可以不長疥瘡。

夸父

肖燕 文

夸父與日逐走，

入日，渴欲得飲，

飲於河、渭，河、渭不足。

北飲大澤，未至，道渴而死。

棄其杖，化為鄧林。

【海外北經】

　　荒古年代，成都載天山上生活着一群巨人。他們身材高大，力大無窮。他們的手和腳掌奇大，抓一把土放下就是一座土丘，跨越山川時更是快步如飛。

　　山上少雨，溪流也不多，有些已經乾涸了。植物大多是些柏樹、杉樹，它們高達百仞。其他的還有些杻樹和橿樹等。山上的樹除了柏樹有些綠以外，大多已變得枯黃。灌木主要是枸杞樹，它耐旱保水，紫色的小花和紅紅的果子給貧瘠的山林染上了一些生氣。山上動物很少，最常見的是蛇，牠們身形龐大，滑行速度很快，叫聲詭異，還能吞食大型動物。山上還有很多石頭，奇異多姿，猛一看還以為是花斑虎、人面獸、離朱鳥，或者鴟久。

　　山上的博父草的果實是巨人的食物。它們長在泥土的深處，很堅硬，個頭像木瓜，表皮黑且粗糙，果肉呈絳紅色。博父草的果實極富能量，巨人們吃了，能耐飢餓，且能維持長久的體力。雖然是草，沒有堅硬的枝幹，但它們挺拔的莖葉圓潤、飽滿，紫色的表皮包裹着濃稠的漿汁，吸一口，能為身體補充長時間的水分，巨人們喝再多的水也不能與喝這種漿汁相比。莖葉乾枯後又可被用來編成馬甲和下裙，還可纏繞在前額及髮辮上。

　　博父草耐旱，但也需要水分的滋養才能長得茂盛。眼下

陽光灼烈，沒有雨水緩解，博父草的果實越來越堅硬，莖葉也開始枯萎了。巨人們的頭領夸父又去查看山林和村寨了。山坡上落滿了大大小小的枯葉，厚厚的，腳踩下去「喀嚓，喀嚓」地響，這是乾枯到頂點才會有的脆響。長有葉子的樹枝只要輕輕一擼，就只剩精瘦的枝條了。最驚悚的要數樹的主幹，樹皮被剝得斑斑駁駁的，露出了淺色的樹心。夸父知道有族人在扒樹皮充飢了。族人主要住在山洞或是由樹幹、樹枝搭成的樹屋裏。夸父走進村寨，四處塵土瀰漫，令人感到彷彿身在硝煙裏。現在的村寨一點生氣也沒有，年老的、有病的東倒西歪，因飢餓和病痛不住地呻吟。有些人在哄搶小的可憐的博父果，還有些人在拼命吸吮乾枯的博父草莖葉，儘管什麼也吸不到，但彷彿只要不停地吸吮，就也能解渴似的。夸父看到這樣的情景真是焦急萬分，但他沒有解決的辦法。他去找稷伯，但小鄧子說，他帶人上後山掩埋屍體去了——又有人死去了。夸父出了寨子往後山望，那裏又鼓起兩座「山包」。

　　他頹然地坐在石頭上。他恨自己無能，只能眼睜睜地看着族人受苦。他還算是神的後代嗎？他可是幽冥之神后土[①]的子孫。不管在哪裏，什麼時候，夸父都能感到有一雙眼睛在盯着自己，他知道，那是先祖后土的眼睛。他想起自己小

①后土：傳說掌管冥界的神，夸父是其孫子。

時候是多麼渴望成為英雄啊！后土也是這麼期望的吧！在夸父看來，英雄，必須勇敢作戰。因此，他在後來的部族間的戰鬥中從未退卻過。如果戰爭再起，夸父會毫不猶豫地帶領族人英勇戰鬥，繼續他的英雄路。可是眼下他該怎麼做呢？他的心情很沉重。

太陽紅撲撲的，一副悠然自得的樣子，它看上去像是正懸在夸父的頭頂上。夸父覺得太陽已經鑽進了他的胸膛，使他更加燥熱不寧。

他聽見太陽說：「你幹嗎不求求雨神呢？」

夸父看了一眼太陽，反問道：「雨神會理我嗎？」

「你不求怎麼知道！」

「求了還不理呢？」

「再求！」

太陽的話給了他信心，這也是眼下唯一的辦法。祈雨刻不容緩，說幹就幹。他立刻去找稷伯、小鄧子他們商量祈雨的事。祈雨不光要心誠，還要掌握確切的時間。夸父決定去聶耳人村寨跑一趟。

聶耳人生活在海島上，在巨人族的西面。夸父曾幫助聶耳人制服過蛇和蛟，因此聶耳人把夸父當作朋友。聶耳人身型普通，但他們的雙耳奇大，長及腰部，能聽到百里之外很響的雷聲，還能從雷聲的遠近，判斷出降雨地點及雨量大小，再由此推算出祈雨的時間。夸父來找聶耳人幫忙，就是為了確定一下準確的祈雨時間。如果祈雨成功，山上就會迎

來充沛的降水。

　　巨人族和聶耳人村寨離得較遠。如果是聶耳人，估計要走很多天才能到達對方的村寨。但夸父是巨人，用不了一頓飯的工夫便到聶耳人村寨了。看到夸父來了，聶耳人村寨熱鬧起來，村民們紛紛跑過來，每人都用兩手都托着大耳朵，有的人乾脆站到了夸父的大手掌上。

　　夸父顧不上閒聊，就對聶耳人說：「山上沒雨，水源快斷了。你們趕緊幫我聽一下哪裏有雷聲，給我個準確的祈雨時間。」說完，他重重地吐了一口氣，手掌上的聶耳人差點跌落下來。

　　一聽說要祈雨，大家都安靜下來了。他們靜靜地聽了很久，然後告訴夸父，在西面百里之外有隱隱約約的雷聲，離得遠，他們也聽不太清楚。接着聶耳人湊到一塊嘀咕了好半天，然後告訴夸父，如果打雷的地點和他們推測的一樣，那麼祈雨的時間應該是明日太陽落下前的一個時辰。

　　夸父想了一下，又仔細詢問了他們剛才的推算，他決定親自去打雷的地方確認一下。聶耳人聽說他要再往西走很長的路，都勸他再等等，等雷聲聽得清楚了再作決定。夸父想到山上乾旱的情形，就覺得一刻也等不了了，他要儘快動身。他匆匆告別聶耳人，上路了。

　　夸父一路飛奔。幾個時辰後，他進到一片林子裏，樹上殘留的雨水「劈哩啪啦」打了他一身，夸父頓時感到一陣清涼，心情也舒暢了許多。這裏剛下完雨，他想。這裏正是聶

耳人村寨的西面，他還按照聶耳人說的估算了一下距離，他肯定這裏就是聶耳人聽到有雷聲的地方。

出了林子，前面是一片湖。湖邊有很多體形高大的人，他們在不停地捉魚，捉到後就直接放進嘴裏。有幾個人發現了夸父，他們圍了過來。夸父滿腦子想的都是祈雨的事，根本來不及想別的。看到有人靠近，他站在原地沒有動彈，他不想出什麼意外，誤了族裏的大事。那幾個人走近了，夸父看到他們身上幾乎一絲不掛，只用一片荷葉遮住下身。也許因為經常泡在水裏，他們渾身溜光水潤，夸父想到族人粗糙的肌膚像被石頭反覆磨礪過一樣，心頭就一陣發緊。他空嚥了一口唾沫，感到口渴難挨，但他忍住沒動。等他們再走近些，夸父看清了他們的神情和樣貌。他們兩眼分得很開，驚恐的表情中好像少了一分防備，多了一分呆滯木訥；他們的鼻子肉鼓鼓地朝上翻；嘴唇也是厚厚的。夸父覺得他們應該不會對他怎樣，就把手杖別到腰後。夸父說了自己是誰，以及為什麼會跑來這裏，還說這就要走了。

那些人聽了夸父的話，放鬆下來。他們告訴夸父，他們是無腸人，靠吃魚為生，因為體內沒有腸子，所以要不停地吃。夸父看見很多人在湖邊或湖裏不停地捉魚，不停地吃，好像餓了幾百年。夸父想，活着真累啊！為了活着，無腸人要不停地吃，而我大老遠跑來，不也是為了要活下去嗎？夸父心裏很酸楚。他對無腸人說他渴了，無腸人就讓他喝點湖水。夸父喝了幾口，就往回趕路了。

夸父還是一路飛奔。在證實了聶耳人的判斷後，他要趕緊回去籌劃明日祈雨的事。一路上無腸人的身影老是在他眼前晃動。他一邊跑，一邊想：「吃吃吃，有完沒完！吃吃吃，真是沒完沒了！」他又想：「難道自己的族人最後不是戰死疆場，而是統統渴死、餓死？」他想到了曾經在戰場上，他殺敵無數，英勇頑強，是族人眼裏的英雄。但是，只有一次戰鬥讓他印象最深。

太陽還沒有隱去，它看見夸父不停地在跑，叫他幾聲也不應，它覺出夸父心事很重。夸父知道太陽在斜上方望着他，他突然想，過去的每次戰鬥，太陽都看見了。他就說：「那次戰鬥我敗得很慘，還負了傷。要不是稷伯救我，小鄧子掩護，最後還不知道會怎樣。」停了片刻，他瞟一眼太陽，像是在對太陽說，又像是自言自語：「我根本不是英雄，我只是個敗將。」

太陽說：「你已經是巨人了，你比很多其他族群的人都要強大。」

「那有什麼用，不是也打過敗仗。」

太陽又說：「我看着你們打來打去的，真替你們着急。大地又拿不走，一直就在原來的地方，不過是被人佔來佔去的，今天這個走了，明天那個來了。」

夸父想，太陽哪裏體會得到在大地上生存的艱難。誰又想打呢！不過，他又覺得太陽的話很有深意。

太陽隱去了，周圍更加空闊寂靜，夸父孤獨地奔跑在荒

野山丘。他一直在想太陽說的話。他覺得太陽說得有道理，老是「打來打去」真沒什麼意思。這麼想着，他感到自己離英雄越來越遠，然而失敗的陰影似乎慢慢散去了。

天空暗沉沉的，他一直在奔跑。他知道自己再也成不了英雄了，但他還是要往前跑啊，決不能後退，那雙盯着他的眼睛也不允許他後退。他沒有退路。

在離村寨還有三四十里地的時候，夸父在一處林子裏坐下休息。他感到有些熱，就用大手掌搧點風涼快一下。突然，他聽到林子裏有人說話，還往他這邊走過來。

一個聲音說：「喲，怎麼突然就起風了。哎，好像是從西面吹過來的。」

夸父停住手，剛想看看是什麼人，一個聲音又起：「怎麼回事？風又停了。最近老有怪事，得多留神才好。」

夸父靜靜地坐着，把頭埋在臂彎裏，在夜色中他看起來就像一座土墩。他聽見另一個聲音說：「離成都載天山只有幾十里了，那裏的巨人可不好對付。」

「你急什麼，頭領不是要大家別動嘛！山上吃的喝的都快沒了，那些巨人還能撐多久？」

「說的是，我們可是吃過大虧的。得等到他們打不動的時候再去。」

「唉，他們在一天，我們就一天睡不踏實啊！」

「是，是，是。」幾個人邊說邊從夸父的腳掌上踩過去。

天太黑，夸父看不清他們是哪個部族的人。這些對話，

讓夸父心裏一陣發緊。一定和他們在哪裏打過仗，他想。等那些人走遠了，夸父趕緊起身趕路，他恨不得一步就能趕回村寨。

夸父回到山上時已經是下半夜了。想到方才的事，他睡不着。天剛亮，他就起身去忙祈雨的事了。他叫小鄧子帶一些人去山頂的清涼台（其實就是一塊較大的平地，族裏的各種儀式都在這裏舉行），讓他們用石頭在中間圍出一個圈，然後填上土。又讓稷伯在上面畫一些和水有關的動物，有的像魚，有的像蛙；還有一些圖奇奇怪怪的，像藏着什麼祕密的符號。夸父又和幾個族人挨家挨戶地叮囑，讓每個人都提前到清涼台，還要準備好石塊和樹枝。他還不放心，又去周圍走一遍，看看有什麼不同於往常的地方。

這次祈雨，雨神會降雨嗎？夸父不敢往下想。夸父知道后土正看着他，而且有話要說。他呢，也很想對后土說點什麼。

「先祖，我們就快祈雨了，現在就指着雨水救命了。」夸父歎了口氣，說：「要是雨還是不下該怎麼辦呢？我快急死了。」不等后土發話，夸父又說：「眼下還有其他族群想趁機滅了我們，我……」在先祖面前，夸父覺得自己就是一個毫無力量、軟弱無助的小孩，他好像聽到自己的聲音裏還帶了哭腔，他真想給自己一拳。

后土說：「夸父啊，再急也得想辦法，辦法都是想出來的。」他停頓了一下，接着說：「巨人族什麼事沒經歷過！」

聽了后土的話，夸父沉默了。他是頭領，再難也不能退卻，他早就沒退路了。他低頭看一眼自己魁梧的身軀，又揮一下拳頭，深吸了一口氣。

太陽就要落山，祈雨的時辰快到了。

族人都到了清涼台，他們拿着石塊、樹枝，拿不了的就夾在腋下。不用頭領再吩咐，他們主動將樹枝分成十來根一捆，再用乾枯的博父草莖葉綁住一頭，然後將它們豎起架在地上。

終於，祈雨開始了。夸父舉起手杖，全族的人高舉樹枝，面朝西面，昂着頭，仰望天空。

夸父先是發出長長的一聲：「吁——」

全族的人齊聲發出：「吁——」

這一聲吶喊在天地間迴響，像此起彼伏的潮水，來回奔湧。接着，大家雙腳分開，半蹲，有的雙手舉過頭頂，用力敲擊石塊；有的雙手各拿樹枝，左右手輪換着抽打地面。他們的動作整齊劃一，左右腳輪番踏地；配合着動作，他們嘴裏還發出短促的、有節奏的「轟、轟、轟……」声。

頃刻間，萬丈塵土揚起，山也抖動起來，巨人們喊聲震天，他們是古戰場上的勇士。

半個時辰後，場上變得一片肅靜，大家伏地，頭抵着手背。

夸父又發出一聲有力的長音：「吁——」

族人們跟着也發出一聲：「吁——」聲音連綿不斷，迴蕩許久。

　　祈雨完畢後，天還沒有暗下來，夸父焦急地等待着。好一會兒，雨才零星地飄了過來，但還沒等夸父和族人歡呼，雨又沒影了。夸父和族人只能一邊等待，一邊想別的辦法。周邊沒有多少水源，就算有，也根本不夠族人喝的，況且很難弄上山來。若帶着族人離開，則難度更大，別說老的、病的了，就是青壯年也早已體力不支了。夸父想到回來的路上聽見的那幾個人的對話，心中又添了一層憂慮。他讓小鄧子多注意山林周圍的動靜。

　　又過了幾天，雨還是沒下。夸父每天從早到晚和稷伯等人商量對策，卻始終一籌莫展。更糟糕的是，小鄧子來報說，村寨的東北面聚集了不少外族人，不清楚是哪個部族的，但還帶了武器。夸父知道危險逼近了，村寨的生存環境又是這般艱難。怎麼辦？他急得仰天高喊：「老天爺呀，你這是要絕我族群啊！」

　　太陽看到夸父如此着急，替他想了一個辦法。

　　它對夸父說：「我有個主意，就怕你不願意。這個嘛，估計沒人做得到。」

　　夸父一聽，馬上說：「你快說，只要能救族人，再難我也做！」

　　太陽就說：「你來追我。」

　　聽了這話，夸父灰心地別過臉，不想再理它了。

　　太陽說：「相信我！你來追我，聽上去簡直不可能，到現在為止，還沒聽說有誰敢來追我，有誰能追到我。做不到

的事做到了，那就是英雄啊！雨神一定會感動的。」

夸父專注地對着太陽看了一會兒，他覺得太陽沒在開玩笑，它說這番話是認真的。同時，「英雄」兩字也撞擊着夸父的心。在夸父看來，只有在戰場上英勇殺敵的人才可能成為英雄。但眼下，比起在戰場上「打來打去」，他更想做的是感動雨神以解救族群，因此，他必須要做逐日的英雄。

稷伯聽說夸父要逐日，就勸阻他：「從來沒聽說過這樣的事，難成啊！再說，就算做到了，雨神真會感動嗎？還是再想想別的辦法吧。實在不成，就大家一起抱緊了，該怎樣就怎樣吧！」

夸父看着稷伯消瘦的臉龐，心想：「稷伯也快撐不住了，如果他倒下，外族人再來侵犯，恐怕族群就真難保住了啊！不行，沒有時間了，必須趕緊行動。」於是，他把大家召集到清涼台，說了自己的決定：逐日。他慢慢地站起來，好像要把身體各處的力量聚攏到一處。夸父的臉原本就極富立體感，此刻在陽光的投射下顯得更加剛毅和堅定。

出發前，夸父把族裏的事都託付給了稷伯，並囑咐小鄧子照顧好他。族人都來送行。夸父兩手各執一條巨蛇，兩耳還掛着兩條蛇，像兩隻巨大的耳環。他巨人的身軀裏熱血奔湧，發出震耳的轟鳴聲。族人也都一齊發出低沉的「嗚啊——哎——」的低吼。

啟程了。夸父向着西面——禺谷②的方向一路飛奔。他

---
② 禺谷：古代傳說日落的地方。

的腳步聲隆隆作響，聶耳人都出了村寨等着他。夸父沒作停留，他繼續奔跑。他又從無腸人的居住地經過。不多久，他又看到了兩個深目人。他們眼眶深陷，總是舉着一隻手，看上去像在和他打招呼。他知道已經跑了很長的路了。這一路奔波，加上山上生活清苦，夸父漸漸感到乏力，但他沒有停歇。他一直在想，只要追到太陽，族人就有救了。這樣想，好像能使自己擁有無窮的力量。他就這樣一直跑啊跑！

夸父跑到了大沙漠裏，他驚呆了。這裏比他生活的山林還要炎熱許多，風吹在身上像是火焰在灼燒皮膚，揚起的沙塵漫天席捲，彷彿要將他掩埋。夸父穩穩地立着，一動不動，好像原本就是沙漠裏的一棵大樹，一個神話。太陽好像近在咫尺，看上去巨大無比。他想，這應該就是禺谷了吧，我快要追到太陽了。夸父心裏一陣狂喜，他張開雙臂，使出渾身的力氣朝太陽狂奔而去。

這個時候，夸父感到極度口渴，體力也即將耗盡，他的速度慢了下來。

他想對太陽說什麼，喉嚨卻發不出任何聲音。

太陽看在眼裏，急在心裏，它對夸父說：「你這樣會送命的。快往北走，那裏有黃河和渭水。」

夸父凝望着太陽，他的眼裏是乾涸的，湧不出淚來。他向北走去。他感覺走了很久很久，彷彿走過了生命裏最長的路。他甚至覺得踩在沙漠上的雙腳不管怎麼努力都彷彿是在原地踏步，走不到盡頭，而氣力卻快用完了。

夸父終於走到了黃河邊，他不顧一切將頭猛扎進水裏。他要喝個夠，他不能死！黃河水滔滔不絕地湧進他的軀體，緩解了他極度的乾渴。他喝了又喝，直到把黃河水喝完。但是，他還是渴。他想，前面一定還有水源，我不會渴死，我還要繼續逐日！他又繼續往北走，步伐緩慢而沉重。他盡力穩住重心，不讓自己跌倒。漫天的狂沙呼吼着向他撲來，不容許他再前進半步。沙子模糊了夸父的視線，他向天空望去，看不清太陽。他還是向前，沙漠都搖撼起來。終於，他走到了渭水邊，這裏一派寧靜肅穆。夸父聽到了脈搏的跳動聲，心裏湧起一陣感動。他俯下身，靜靜地喝，直到將渭水也喝盡。然而，他還是覺得渴！他突然間明白了，只有博父草才能真正止渴。他看了看周圍，什麼都沒有。他想到了死。但是，他還沒有追到太陽，他要活下去！此時，活下去是他唯一的信念。他強撐着往北，不讓自己倒下。他龐大的身軀幾乎是被信念拽着在往前走。

　　走着走着，前方傳來一陣水聲，他還感受到了一絲清涼。他想到了清涼台，想到族人的艱難和困苦。他繼續往前。他已經在靠爬行前進了。曾經的戰場，有衝鋒陷陣，也有匍匐前行，他覺得自己還是個戰士。他極力向前。終於，他看到了前方的大澤。這時候他的軀體已經不怎麼聽使喚了，不管如何用力，都很難再往前挪動半步。他看到后土的眼睛正注視着他，他說：「先祖，恐怕太陽都落山了，我也到不了大澤。」

　　后土說：「前面這點路對咱們族人來說算什麼！我們是頂天立地的巨人。」

　　夸父沉默片刻，用力點了一下頭，又咬着牙繼續往前挪動。這條通往大澤的路，此刻彷彿通向天邊。最後，夸父力氣將盡，他試圖甩一下頭，讓自己保持清醒，他不允許自己就這麼死去。

　　太陽通紅通紅的，將夸父染成血色。寂靜的沙漠在陽光下層層疊疊的，絕美壯觀，又單純綺麗。夸父努力翻過身，面朝太陽，這讓他感到更加炎熱。他再也發不出聲了，耳邊全是族人的壯行聲：「嗚啊——哎——」

　　差一步就追到太陽了，他想。他的視線落在太陽上。沙子將他層層覆蓋，他用力眨着雙眼，使它們不被沙子蒙住。但是，他還是覺得太陽越來越模糊，離自己越來越遠了。他緊緊地盯住太陽不放。他想問太陽：「如果我追到了你，雨神會感動嗎？」

　　太陽明白夸父的心思，它說：「問雨神吧。」

　　夸父淡然一笑。太陽的熱力包裹着他，快要將他熔化。他陷入了灼熱的「黑夜」裏，再也看不到太陽了。他聽到自己在焦急地喊着太陽，拼命地喊，喊得聲嘶力竭。然而，他還是發不出任何聲音，還是什麼都不能做，連手腳都動彈不得，意識也漸漸模糊。風呼呼地吹來，他感到自己的身體正被風輕輕地托起。他拼命掙扎，試圖扭動身軀。

　　太陽望着沙漠上凸起的輪廓，大叫：「夸父！夸父！！

夸父！！！」

夸父的身體抽搐了一下，他聽到了太陽的呼喊，突然清醒過來。他還聽到心臟在微弱地跳動。我還活着！他想大笑。熱血又化作奔騰的能量匯聚到他的臂膀。他屏足氣力，將手杖狠狠地拋了出去！

手杖落下的地方生出一大片茂密葱鬱的桃林。

桃林像是受到了庇佑，花兒開得格外豔麗芬芳，果實更是結得異常豐碩誘人。這裏有充足的陽光照耀，還有豐沛的雨水滋潤。

這片美麗的桃林也映到稷伯的夢境中，無邊無際。他還聽到太陽對他說：「稷伯，你看見桃林了嗎？在東面。」

稷伯醒來，睜開眼，小鄧子正叫他。不用小鄧子開口，稷伯就知道他要說什麼。山上的形勢是越發嚴峻了，可是夸父還沒有消息，稷伯滿腹憂慮。稷伯的眼前又浮現出那片桃林，耳邊好像又響起太陽說過的話。他望向太陽，太陽靜靜的。稷伯想了一會兒，撐起虛弱的身體，對小鄧子說：「叫上一些人，把能挖的博父草果實都挖出來，再把能找到的種子都收集起來，儘快。我們先朝南走，避開外族人，然後往東去。」

「往東？」小鄧子很詫異，還下意識朝東面看了看。

「往東。」稷伯堅定地說。他顧不得多解釋，讓小鄧子趕緊按他吩咐的去做。

天黑後，全族的人分吃了僅存的為數不多的博父草果

實，然後，他們扶老攜幼，帶着傷病族人，悄悄地上路了。稷伯不想再起什麼戰亂，只想着多活一個是一個，巨人族是不能滅的。

雨淅淅瀝瀝地下起來，族人們像從乾涸中蘇醒過來。小鄧子問稷伯：「還要繼續走嗎？也許從現在開始，山上的雨水會多起來。」不等稷伯開口，小鄧子接着問：「要是頭領回來找不到我們怎麼辦？我們這是要去哪裏？」

稷伯當然聽出了小鄧子的不安，他一邊繼續往前走，一邊說：「東面有桃林，往那裏走雨水應該會漸漸多起來。」他又自言自語道：「桃花開得真好啊！」

小鄧子還是問：「頭領回來找不到我們怎麼辦？」

「不會的，他會在桃林等我們。」稷伯說。

小鄧子不吭聲了，若有所思。

巨人們一直朝着那片桃林的方向前行，無論經歷多少坎坷、戰亂，他們都不曾畏懼、退縮。後來，他們的子孫建立起了夸父國。

故事取材

《海外北經》

原文：**夸父**與日逐走，入日，渴欲得飲，飲於河、渭，河、渭不足。北飲大澤，未至，道渴而死。棄其杖，化為鄧林。

博父（夸父）國在聶（普：shè｜粵：攝）耳東，其為人大，右手操青蛇，左手操黃蛇。鄧林在其東，二樹木。一曰：博父。

譯文：神人夸父與太陽賽跑，追趕到太陽落下的地方。這時夸父口渴難忍，想要喝水，於是就在黃河、渭水中喝水，他喝完了兩條河水還是不解渴，又要向北去喝大湖中的水，還沒走到，就渴死在半路上了。他死時所扔掉的枴杖，變成了鄧林。

夸父國在聶耳國的東面，那裏的人身材高大，右手握着青色蛇，左手握着黃色蛇。鄧林在它的東面，其實只是兩棵非常大的樹木形成的。另一種說法認為夸父國也叫博父國。

《大荒北經》

原文：大荒之中，有山名曰成都載天。有人珥兩黃蛇，把兩黃蛇，名曰**夸父**。**后土**生信，信生夸父。夸父

不量力，欲追日景，逮之於禺谷。將飲河而不足也，將走大澤，未至，死於此。

又有無腸之國，是任姓。

譯文：大荒當中，有座山名叫成都載天山。有個人耳朵上穿掛着兩條黃蛇，手掌裏握着兩條黃蛇，名叫夸父。后土生了信，信生了夸父。夸父未估量自己的能力，想要追趕太陽的光影，直追到禺谷。夸父想喝了黃河水解渴，不夠喝，於是他準備跑到北方去喝大湖的水，還沒到，便渴死在此處。

又有個無腸國，國人姓任。

夸父（明・蔣應鎬圖本）

傳說上古時期有個巨人叫夸父，是炎帝的苗裔，他身材高大，驍勇善戰，雙手握蛇。

《海外北經》

原文：**深目國**在其東，為人深目，舉一手，一曰在共工臺東。

無腸之國在深目東，其為人長而無腸。

聶耳之國在無腸國東，使兩文虎，為人兩手聶其耳，縣居海水中，及水所出入奇物。兩虎在其東。

譯文：深目國在大禹所築帝台的東面，那裏的人眼睛很深，總是舉起一隻手。另一種說法認為深目國在共工台的東面。

無腸國在深目國的東面，那裏的人身材高大且腹中沒有腸子。

聶耳國在無腸國的東面，那裏的人能驅使兩隻花斑虎，行走時用手抓着大耳朵。聶耳國在海水環繞的孤島上，在那裏能看到出入海水的各種怪物。有兩隻老虎在它的東面。

深目國人（明·蔣應鎬圖本）

深目國人眼睛深陷，總舉着一隻手，像是在和人打招呼，他們愛吃魚。

聶耳國人（明·蔣應鎬圖本）

聶耳國人行走時習慣用手抓着自己的大耳朵，他們還能夠驅使兩隻花斑虎。

夸父

燭龍

程逸汝 文

西北海之外，赤水之北，
有章尾山。有神，
人面蛇身而赤，直目正乘，
其瞑乃晦，其視乃明，
不食不寢不息，風雨是謁。
是燭九陰，是謂燭龍。

【大荒北經】

　　西北海之外，是一片漫無邊際的荒漠。一條赤水橫貫荒漠南北，赤水的北岸有座不太高的章尾山，山上有一片紅色的樹林，樹上綻放的花朵都是紅色的，像一團團燃燒的火焰。在紅樹林裏，住着一位神人，他因頭上放射的光彩能照亮陰暗處而被稱為燭龍。燭龍全身紅色，長着人的面孔和蛇的身子，他長長的身子彎彎繞繞，能繞千里。他那巨大的頭顱上，長着一隻豎立的眼睛，眼睛一閉，就成了一條筆直的長縫，把頭顱分割成左右兩半。

　　燭龍飛騰時，像一條熊熊燃燒的火龍，令人望而生畏，敬而遠之。那些妖魔鬼怪只要遠望一下燭龍，便都會坐立不安，身上如被火燒着了一般，只得遠遠避開。

　　燭龍掌管着晝夜的交替。他睜眼，白天來，人們辛勤地耕田播種，收穫黃米；他閉眼，黑夜來，人們酣然入夢，休養生息。燭龍還掌管着春夏秋冬四季的變換。在他的管理下，人們有規律地生活着。

　　別看燭龍平日裏遠離村莊，日日夜夜躺在章尾山的腳下，那麼文靜，那麼冷峻，那麼安詳，但只要他所管轄的區域稍有風吹草動，導致村民們生活異常，他便會煩躁不安，直至災難消除，村民們轉危為安。比如，哪家的孩子病了，

燭龍會悄悄地送上一朵火花，驅逐孩子的病氣，孩子就又活蹦亂跳了；黃米田裏飛來了黑壓壓的蝗蟲，眼看要顆粒無收，燭龍就會用自己的蛇尾，將蝗蟲一掃而空，保證黃米的豐收；森林裏燃起了野火，野火漸漸蔓延，燭龍就會吹一口氣，吹來烏雲降雨，將野火熄滅……燭龍的神力就是用來為村民們避災造福的。

此刻，燭龍靜靜地躺在章尾山麓下，一動也不動。他從來不吃東西，從來不睡覺，也不能呼吸，因為他一呼吸，就會招來大風大雨，而雨水匯聚會使江河氾濫，沖垮村屋，讓村民家破人亡，這是燭龍最不想看到的。

不料，有那麼一天，燭龍和村民們都不想看到的情況發生了。眼下正是滴水成冰的冬季，村民們不知睡了多少日子，一直盼望着白天快快到來，好享受陽光送來的溫暖，可是，漫漫長夜猶如無邊無際的大海，永遠望不到頭。

村民中有位七十歲開外的頭人巴托，他摸了摸白鬍子，走到屋外，頂着凜冽的寒風，大聲地呼喊着：「神人燭龍呀，快張開你的眼睛，讓白天到來吧！沒完沒了的黑夜害苦大伙兒了，大家受凍受餓，這日子沒法過了……」

頭人話音剛落，空中就飛來一隻巨大的黑蝙蝠，猛烈地拍搧着黑翅膀，牠的翅膀幾乎遮住了整個天空。燭龍隱約聽到了頭人的喊聲，只要他一睜眼，黑夜便會馬上消失，白天就會馬上到來。可是，燭龍剛一睜眼，就被一陣黑色的妖風吹得又閉上了眼，這妖風就是黑蝙蝠的翅膀搧出來的。燭龍

明白，這不是黑蝙蝠，而是黑頭妖，它長着數千丈長的黑頭髮，頭髮散開就變成了一對黑翅膀，能搧起一股妖風，響起一陣怪嘯，看上去像隻黑蝙蝠。燭龍挺起身子，心裏明白，不制服黑頭妖，白天不會到來，四季不可輪換，農作物不能種植，村民們就會凍死餓死。燭龍還明白，制服了黑頭妖，還會有白頭妖，它倆是一對破壞大自然生態的妖怪，會給人類帶來巨大的災難，使人類無法生存。

該怎麼制服黑頭妖呢？燭龍想，眼前的黑頭妖不好對付，它是由扎根北方億萬年的胡楊樹精變出來的，既變幻莫測，又囂張跋扈，無法預知它有多少妖招。果然，還沒等燭龍想好進攻的方式，黑頭妖竟搶先下手——急速搧動的黑頭髮瞬間變成了一枚枚黃蜂的毒刺，對準燭龍的身子，暴雨般飛射下來。燭龍全身被針刺得劇痛，同時，燭龍的身子開始縮小，千里尾變成了百里尾、十里尾、一里尾；更恐怖的是，他的眼睛幾乎張不開了，即使偶爾張開一下，也不見白天的到來。

「嗚——哇哈咯啦！」黑頭妖仰天長嘯，大聲怪叫，狂妄得意得彷彿已經取得了完全的勝利。

頭人帶領村民下跪觀戰，齊聲祈禱：「神人燭龍頂住！神人燭龍頂住！」

燭龍內心湧起一股力量，他猛地俯首抖動，將頭上的燭火紛紛撒落到身上，為了村民的好日子，他咬住牙，忍住痛，燒毀一枚枚毒刺。隨着毒刺的燒毀，燭龍的身子漸漸變

大，一里尾恢復成了十里尾、百里尾、千里尾。千里尾像一條巨大的鐵鞭，升至空中，凌空砸下，砸中黑頭妖的腦袋，哪知它的腦袋竟像巖石般堅硬，這一擊未能對它造成傷害。這次，黑頭妖又使出新招，它將長長的黑髮變成了繩索，死死地纏住燭龍挺直的身子，妄圖將其拉至高空，然後鬆開繩索，再把他摔死。哪知燭龍巨大的身子宛如一座山巒，紋絲不動，反而將黑頭妖拉到了燭龍的面前。機不可失，燭龍順勢張大嘴巴，露出尖利的牙齒，一下咬住了黑頭妖致命的頸項處。

「哎——呀呀呀呀！」黑頭妖大聲慘叫，化成一縷黑煙，飄散在空中……

燭龍張開了眼睛，東方的天邊映現出了晨曦，不久，太陽鮮紅的笑臉也露了出來。啊！白天來了，久違的白天終於來了！

「神人燭龍神通廣大！神人燭龍神通廣大！」頭人巴托振臂歡呼，村民們也跟着頭人振臂歡呼，歡呼聲似春雷轟響，如戰鼓齊鳴。

一會兒，高掛的太陽又把溫暖的陽光灑向大地，灑到村民們的身上，驅散了漫漫黑夜帶來的寒氣，送來了白晝的溫暖，送來了色彩，送來了光明，送來了生機。

燭龍欣喜地望着眼前的頭人和村民們。他始終把維護日夜交替、四季輪迴這一大自然運轉的規律視為自身義不容辭的責任。

　　燭龍又恢復了原先的狀態，張開眼睛，默默地唸着咒語：「伊里娜托嗒轟！伊里娜托嗒轟……」咒語的意思是：「保佑頭人和村民們平安、吉祥！保佑頭人和村民們平安、吉祥！」多少年來，燭龍就這樣默默地唸着。從白天到黑夜，從黑夜到白天，無論四季如何交替輪換，咒語始終伴隨着燭龍躺在章尾山下，守護着那裏的村民……

　　太陽漸漸下山，白天即將消逝，黑夜即將來臨。燭龍想抖動一下眼皮閉上眼睛，可是眼皮一動也不動。突然，他看見不遠處隱約出現了一隻白蝙蝠，牠拍搧着巨大的翅膀，越飛越遠，直至消失在即將來臨的夜空中，只見此刻夜空漸漸閃亮，東方的天邊朝霞似火，太陽又從東方冉冉升起——該來的黑夜沒有來呀，新的白天又到來了。

　　燭龍的千里尾左右搖擺，上下晃動，這是他內心不安、躁動的表現。白蝙蝠的隱現預示着災難的再次降臨，與上次的黑夜替代白天相反，這次白天將替代黑夜。從此，頭人和村民們將痛失睡眠的時間，無法養精蓄銳、正常勞作，隨之而來的將是酷熱難熬的漫長白晝，土地會逐漸乾旱，陰陽也會失調，最終人們將變得骨瘦如柴，繼而紛紛倒下，燭龍想。果然不出所料，之後的幾天裏，黑夜不再降臨，白天無休無止地持續着。村民們忍受着失眠的痛苦，個個頭昏眼花，人人欲睡不能。

　　頭人帶領村民們跪拜哀求：「善心的神人燭龍，求求您了，快讓白天離去，快讓黑夜來臨，讓白天黑夜輪換交替

吧，我們沒法天天生活在白天啊⋯⋯」

　　燭龍心裏明白，白天不消失，黑夜來不了，全是白頭妖在施妖法。燭龍巴不得白頭妖變成白蝙蝠，顯身向他挑戰，這樣他就會勇敢地與白頭妖進行生死搏鬥，白頭妖最終的下場也會像黑頭妖那樣，化作一縷白煙，永遠消失，不再威脅人類的生存。

　　但是，白頭妖比黑頭妖更狡猾，更兇殘，它硬是不露妖法不顯身，讓白天沒完沒了地延續下去。燭龍一籌莫展，陷入了困境。

　　這時，從村子外面的小路拐彎處，走來一位瘸腿的老翁，他佝僂着身子，披散着的雪白的長髮幾乎將他的整個臉遮住。他左手提隻小竹籃，右手握根竹柺杖，一瘸一拐地走在村子外面。

　　頭人巴托一眼就看到了老翁。老翁臉色蒼白，步履蹣跚，額上的皺紋如刀刻般條條凸顯，一對眼睛凶光畢露，令頭人巴托望而生畏。

　　「這位大爺，不知您叫⋯⋯」

　　「在下白天天，我的兄弟是黑天天。我能讓白天天天白，兄弟能讓黑天天天黑。」

　　聽他這麼一說，巴托不禁打了個寒戰，立馬思忖：眼前這位貌似弱不禁風的老翁，莫非就是白頭妖的化身？

　　「請問大爺，您遠道而來，到我們村子想找誰呢？」

　　「找誰？哼！找神人燭龍！」老翁咬牙切齒，把牙齒

咬得格格響，「混帳燭龍，燭龍混帳，他殺了我的兄弟黑天天，我要報仇，要他的命！」

「燭龍遠在千里之外，怎麼能找到他呀！」

話音剛落，一條一眼望不到頭的蛇尾從天而降，「啪嗒」落在老翁的面前。原來燭龍的蛇尾具有分辨異味的功能，能分辨出千里外的白頭妖身上的氣味，感覺到白頭妖的到來。

老翁不再蒼老，他像猴子般靈活地跳上蛇尾，伸開兩腿，蛇尾便在他的胯下。巴托看到老翁左手拎的竹籃變成了一張網兜，右手握的枴杖變成了一把利劍。蛇尾漸漸豎起，像座頂天立地的滑梯，老翁飛快地從蛇尾滑下，最終滑到了燭龍的胸前。

頭人巴托無力相助，只能跪拜祈禱：「保佑神人燭龍平安！白天終將過去，黑夜必將到來！白天黑夜必將輪換交替，神人燭龍必勝！神人燭龍必勝！」

現在，白頭妖開始露出猙獰的兇相，只見它鷹眼尖嘴，嘴中長着銳利的狼牙，虎臉狗鼻，面目可憎。它嘴裏不停地發出怪嘯：「伊里哇啦呵轟！伊里哇啦呵轟！」

白頭妖與燭龍的生死搏鬥開始了。白頭妖眼疾手快，用竹籃變成的網兜套住了燭龍的頭顱，封住了燭龍的嘴巴，也封住了他那咬破過黑頭妖頸項的尖利的牙齒。

俗話說，打蛇打七寸，打妖打頸項。若被咬破頸項，白頭妖便也會化作一縷白煙，回歸原地，永不復返。從此天下

太平，村民們安居樂業。

　　先下手為強的白頭妖，用網兜牢牢封住了燭龍的嘴巴。現在情況糟糕透了，燭龍無法攻擊白頭妖致命的頸項處，只能被動挨打，聽憑白頭妖興風作浪，為所欲為了。不！燭龍用尖利的牙齒咬住網兜，狠狠拉扯，但是網兜堅韌無比，絲毫未被損壞。

　　「燭龍，你殺了我的兄弟黑天天，我要報仇，讓你死無葬身之地！」白頭妖會說人話，而燭龍雖聽不懂人話，但會察言觀色。

　　這白頭妖多變善謀，比黑頭妖更厲害，更難對付。

　　「燭龍，你的死期到了！」白頭妖言罷，舉起利劍直刺燭龍的頸項，頸項被刺中了，燭龍呻吟一聲，趕忙深深地吸氣，用氣功抵住了白頭妖的第二次進攻，劍被彈回到空中。這時，白頭妖施展起黑頭妖用過的妖法，它變成了一隻白蝙蝠，搧動着巨大的白翅膀，搧起了一股妖風，隨即千萬根白髮合成的白翅膀變成了千萬枚利箭，一齊射向燭龍。好在燭龍不停地吸氣、吸氣，身體不停地膨脹、膨脹，將千萬支利箭一一彈回，彈向白頭妖的身上，但是利箭一近白頭妖的身便紛紛跌落，白頭妖格格大笑，未停止對燭龍的進攻。

　　燭龍暴怒了，渾身血紅似烈火，他縱身飛躍，躍上了高空，像一條火龍一樣狂飛亂舞。突然，他俯首蹺尾，將套在頭顱上的網兜甩落，從嘴裏噴出一朵朵火花，火花瞬息萬變，變成了一簇簇奇花異草，五光十色，千姿百態，看得白

頭妖目瞪口呆；火花金光閃閃，閃出了一條夭矯巨龍，龍身飛騰，翩翩起舞，看得白頭妖眉飛色舞；火花飛速旋轉，轉出一隻金色的蝙蝠，張開巨大的翅膀，朝着白頭妖頻頻點頭，含情脈脈……

白頭妖興奮地朝金色的蝙蝠飛去，嘴裏喃喃自語：「啊！黑天天，我的好兄弟，你怎麼變成了金天天，美呀，美……」

第二個「美」字剛出口，白頭妖便張開翅膀想擁抱「金天天」。霎時間，燭龍的嘴巴對準白頭妖的頸項狠狠地一咬，白頭妖長聲呼嘯，連聲怪叫，隨即化為一縷白煙飄散而去，消失得無影無蹤……原來，燭龍無法靠近白頭妖，便採用了火花變形術，變出了奇花異草、巨龍飛舞，直至變出「金天天」。白頭妖果然中計，以為「金天天」就是自己的兄弟黑天天，忍不住想上前擁抱它，這給了燭龍咬破白頭妖頸項的機會。

天空開始黯淡，太陽漸漸西下，夕陽金色的餘暉映照着章尾山。頭人巴托帶領村民們振臂歡呼：

「燭龍斬了黑頭妖！燭龍斬了白頭妖！燭龍勝利了！燭龍勝利了！」

「白天即將過去，黑夜即將來臨！」

「晝夜交替輪迴，永遠，永遠……」

燭龍靜靜地躺在章尾山腳下，正在閉住掌管黑夜的眼睛，等到眼睛完全閉上，頭人巴托和村民們盼望了多少日子

的黑夜便降臨了。從此，村民們又有了正常的作息安排，白天勞作，晚上休息；四季也重新變得分明，循環往復；大地萬物，生機勃勃。

在北方生長了億萬年的胡楊林裏，有兩棵相互依偎的怪樹，一棵全身雪白，一棵全身烏黑，這正是白頭妖和黑頭妖的原形。從此，它們永遠在此安息，永遠不會干擾、破壞人類晝夜交替、四季輪換的生存方式了。

黑夜消逝後又迎來了白天。那天早晨，頭人巴托和村民們發現，多少年來，那座躺在遠處的由低漸高的山坡突然消失了。其實，那不是山坡，而是燭龍的蛇尾。當燭龍意識到人類已永遠獲得了晝夜交替、四季循環的生存環境，他便歡欣自如地回歸天國了。

頭人巴托告訴村民們，不管白天還是黑夜，燭龍都會望着大家。心地善良的人，在白天能看到鮮豔的雲彩，雲彩裏有燭龍豎直的眼睛；在黑夜能看到燦爛的星星，星星裏有燭龍豎直的眼睛。頭人巴托說，他就看到過好多次。

故事取材

《大荒北經》

原文：西北海之外，赤水之北，有章尾山。有神，人面蛇身而赤，直目正乘，其瞑乃晦，其視乃明，不食不寢不息，風雨是謁。是燭九陰，是謂燭龍。

譯文：在西北海之外，赤水的北邊，有一座山叫章尾山。（那裏）有個神人，長着人的面孔、蛇的身子，全身紅色，豎着長的眼睛合成一條縫，他閉上眼睛就是黑夜，睜開眼睛就是白晝，他不吃飯，不睡覺，也不呼吸，風雨便是他的食物。他能照亮極其幽暗陰晦的地方，因此被稱作燭龍。

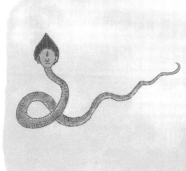

燭龍（明·蔣應鎬圖本）

他是中國神話中的創世神，人面蛇身，身長千里，通體赤紅。傳說燭龍可以銜火精以照亮陰暗之地，所以燭龍又叫燭陰。

燭龍

177